Liz Pichon

SUPER DOUÉ

(pour certains trucs)

Traduit de l'anglais par
Natalie Zimmermann

SEUIL

Yo

Très haut mur

DÉJÀ PARUS :

Tom Gates, c'est moi !
2012

Excuses béton (et autres bons plans)
2012

Tout est génial ! (ou presque...)
2013

Trop top ! (pas vrai ?)
2014

Édition originale publiée en 2013 sous le titre
Tom Gates Is Absolutely Fantastic (At Some Things)
par Scholastic Children's Books,
une marque de Scholastic Ltd
Euston House, 24 Eversholt Street
Londres, NW1 1DB, UK

Pour l'édition française :
© Éditions du Seuil, 2015
ISBN : 979-10-235-0376-0

Mise en page : Anne-Cécile Ferron

Conforme à la loi N° 49-956 du 16 juillet 1949
sur les publications destinées à la jeunesse.

www.seuil.com

PARTOUT

DANS
LE
LIVRE

Je VOUDRAIS que l'école

commence à 11 heures au lieu

de 8 h 30 le matin.

Pffff !

(C'est beaucoup trop tôt pour moi.)
Je suis NUL pour me lever de bonne l'heure.

Mon cerveau a besoin d'un temps **INFINI** pour se mettre en route, et il m'en faut encore plus pour  ouvrir les yeux.

M. Fullerman (le maître) est TOUJOURS SUPER RÉVEILLÉ.

Là, tout de suite, nous sommes en classe et il n'arrête pas d'écrire À TOUTE VITESSE des mots sans suite au tableau.

Il nous dit :

— **Vous vous demandez sûrement pourquoi j'écris tous ces mots.**

(Euh, un peu.)

9

– Quelqu'un veut-il AJOUTER un mot intéressant à cette liste ?

(Je me tais.)

Et puis, du fond de la classe, une voix lance GÂTEAU, m'sieur.

Ça paraît un bon choix (tout le monde aime les gâteaux, non ?).

M. Fullerman écrit «GÂTEAU» au tableau.

Ensuite, Mark Clump propose INSECTE et Julia Morton dit CRAYON

(ce qui n'est PAS si intéressant que ça, mais M. Fullerman l'écrit quand même).

Pendant tout ce temps, je me demande pourquoi M. Fullerman n'a jamais l'air fatigué.

C'est PEUT-ÊTRE parce qu'il a

des YEUX iÉNORMES,

fixes et **ÉCARQUILLÉS** ?

M. Fullerman a vraiment des yeux

DE LYNX,

TOUT RONDS

ET TRÈS

PERÇANTS.

Et c'est à ça que je pense.

Seulement, je ne <u>ME CONTENTE PAS</u> de le penser.

JE LE DIS

TOUT FORT :

– DES YEUX DE LYNX, TOUT RONDS ET TRÈS PERÇANTS.

– Pardon, Tom, tu as dit quelque chose ?

M. Fullerman
me dévisage.

 – Non, m'sieur.

– J'ai cru entendre
« DES YEUX DE LYNX, TOUT RONDS
ET TRÈS PERÇANTS », Tom.

(Réfléchis... réfléchis...)

 – Non, m'sieur.

– Qu'est-ce que tu as dit, alors ?

 – J'ai dit... « DES ŒUFS DE LUMP,

TOUT RONDS et DÉGOÛTANTS »,

m'sieur.

Ce qui fait RIRE tout le monde dans la classe Ha ! Ha ! Ha ! Ha !

(sauf moi).

M. Fullerman continue de me  fixer, et puis il ajoute :

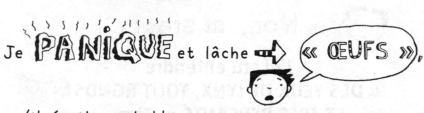 – Ça fait beaucoup TROP de mots, Tom. Choisis-en UN.

Je **PANIQUE** et lâche ➡ « **ŒUFS** »,

qu'il écrit au tableau.

M. Fullerman explique ce qu'il veut qu'on fasse.

– Je voudrais que vous écriviez une histoire courte qui contiendra le plus possible de mots inscrits au tableau.

– Vous pouvez raconter ce que vous voulez. Alors, soyez créatifs !

Super... Si j'avais su, j'aurais trouvé un mot un peu plus **utile** pour écrire une histoire. Un truc comme « IL » ou « ET ».

Mais, en tout cas, PAS « ŒUFS ».

Il était un ~~ŒUF~~.

~~Il y avait un GROS ŒUF...~~

LISTE DE MOTS

ORAGE
GIGANTESQUE
COULER
ÉPATÉ
GÂTEAU
GENTIL
PETIT
INSECTE
CRAYON
FRIGO
ŒUFS

(M. Fullerman n'a pas dit que le texte devait être réaliste, ce qui est vraiment préférable. Allez, c'est parti.)

RÉDACTION

MON HISTOIRE COURTE, par Tom Gates

L'ORAGE faisait rage quand j'ai ÉPATÉ ma sœur, Délia la râleuse, en lui faisant COULER un bain GIGANTESQUE. Elle était très contente, jusqu'au moment où je lui ai fait remarquer qu'elle avait un INSECTE sur la tête. Je lui ai conseillé de s'en débarrasser dans le bain, mais Délia s'est fâchée et a préféré essayer de le faire *t o m b e r* avec un CRAYON.

Enfin, elle est partie prendre son bain, et j'ai dégusté un des délicieux flans aux ŒUFS qui étaient dans le FRIGO. Il y avait aussi du GÂTEAU, et j'ai presque tout mangé. Mais comme je suis un GENTIL frère, j'en ai laissé un tout PETIT bout à Délia.

(Le voici.)

FIN

Et voilà – c'est fait.

17

Dès que j'ai terminé mon texte, mon esprit → 😊

se tourne vers d'autres choses, comme les

CLEBSZOMBIES (c'est le nom de notre

groupe de rock, à Derek, à Norman et à moi).

J'essaye de dessiner ✏️ des **chiens**

transformés en **ZOMBIES** de races

différentes, pour changer.

D'habitude, je les dessine comme ça.

Grrrrr

Mais, aujourd'hui, je crois que je vais
en dessiner un nouveau, un clebszombie
GIGANTESQUE,

un clebszombie
dingo,

un mini-
clebszombie,

un clebszombie
court sur pattes.

Je commence tout juste à m'y mettre quand
M. Fullerman m'arrête tout net.

Mais, aujourd'hui, je crois

en dessiner un nouve

GIGA

ÉCOLE DES CHÊNES

AGENDA

Classe.....................

Nom.......................

un mini

clebsza

un cle

court

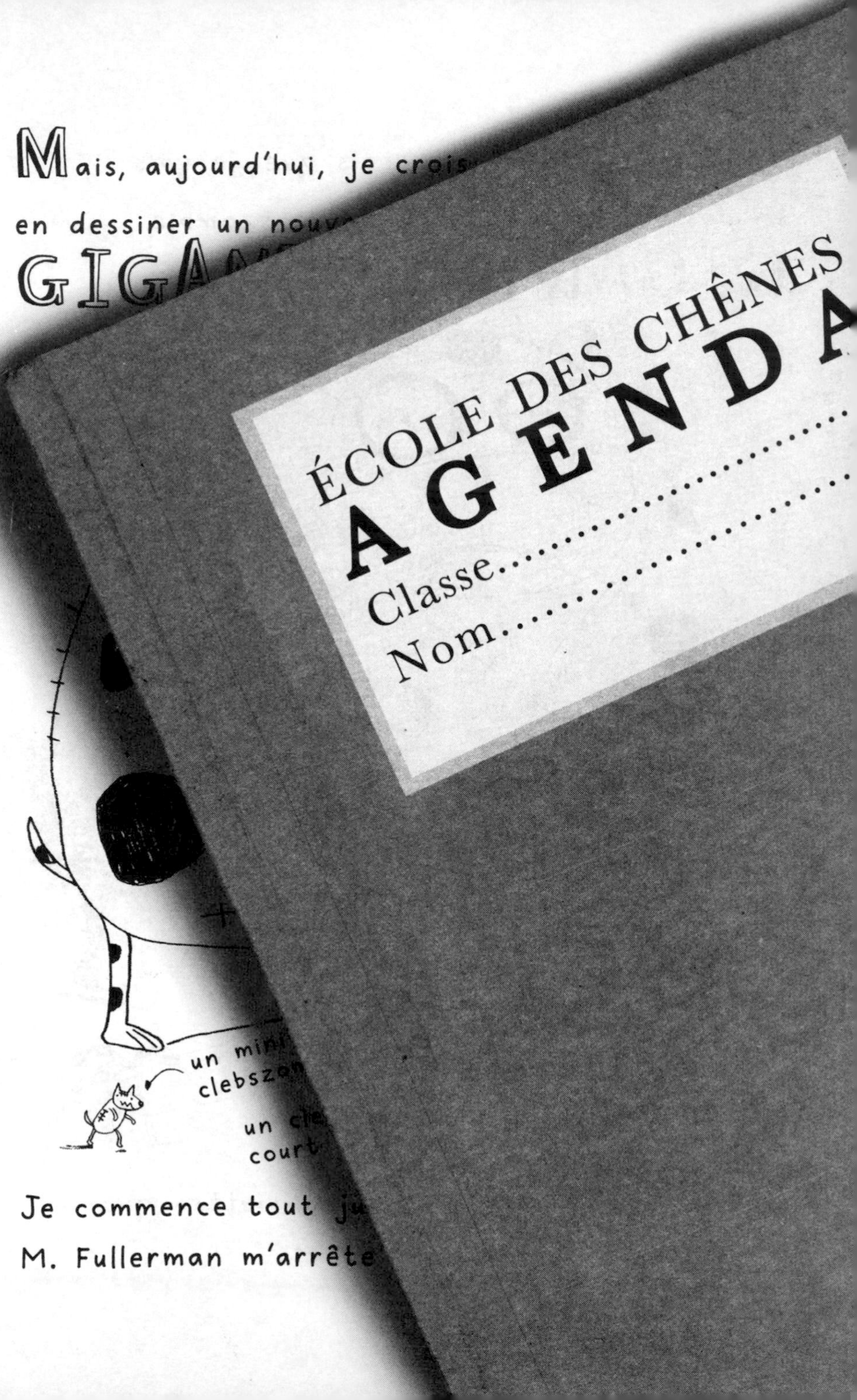

Je commence tout ju

M. Fullerman m'arrête

– Tom, comme tu as visiblement terminé ta rédaction et trouvé le temps de dessiner, tu peux distribuer les nouveaux agendas à toute la classe.

– Oui, m'sieur.

... pffff !

Marcus Meldrou  (mon voisin de table) est très IMPATIENT. Dès que j'ai les agendas, il essaye d'en **ATTRAPER** un sur le dessus de la pile.

— Donne-moi MON agenda, Tom... Passe-le-moi !

C'est quand même un peu **grossier**. Je réponds donc :

— Calme-toi, Marcus, tu vas en avoir un.

Je prends un cahier sur le dessus de la pile et je le fais passer par-dessus sa tête pour le donner à **AMY PORTER**.

Oupssss !

– Tiens, **AMY**, ton agenda.

Ça le rend fou. Marcus grogne :
– Dépêche-toi, je VEUX mon agenda
TOUT DE SUITE !
 Et il tire sur mon pull, ce qui est très agaçant. Je fais donc comme s'il n'était pas là et je distribue les carnets en commençant par le FOND de la classe pour remonter vers le premier rang.

Quand j'arrive à côté de Marcus, il **s'arrache** les cheveux tellement il est énervé.
– Et, enfin, ton agenda tant attendu.

Marcus s'apprête à me le PRENDRE des mains.

– Du calme, Marcus, intervient M. Fullerman.

C'est bien ce que je pense, alors je remets à Marcus son agenda au

SUPER-ralenti.

(C'est assez drôle et ça rend Marcus encore plus

FURIEUX  – double réussite !) ☺

M. Fullerman dit que ceux qui ont terminé leur rédaction (comme moi ☺) doivent écrire leur nom sur leur agenda, et le feuilleter ö̈ ATTENTIVEMENT pour retenir tous les ÉVÉNEMENTS qui vont avoir lieu à l'école ce trimestre.

– Ces agendas vont vous servir à noter.

des informations **IMPORTANTES.**

La date de remise de vos devoirs, par exemple.

(Ce n'est pas vraiment ce que, moi, j'appelle
une information importante.)

 Je feuillette les premières
pages. On trouve les trucs
d'école habituels, du genre :

Règlement intérieur de l'école des Chênes
(Je ne savais même pas qu'on en avait un.)
Calendrier
Dates des vacances scolaires
(**TRÈS** important.) ☺

Dates de remise des bulletins scolaires
( pas très important).
Fête de l'école
Journées sportives
La photo de l'école - bla
-bla
-bla

Il y a aussi quelques pages blanches pour des
REMARQUES. Je raye « ~~REMARQUES~~ »

et écris « DeSSiNS » à la place.

C'est alors que je repère, en toutes lettres, un
truc que j'avais COMPLÈTEMENT oublié : ⬇

Événements		
CM2 – Classe de découverte		
Lundi		
Mardi		
Mercredi		

C'EST CARRÉMENT GÉNIAL !

Je donne un coup de coude

à et lui glisse :

– Eh, j'avais oublié la

classe de découverte ! C'est super, non ?

Et elle réplique :

 – Tu ne t'es pas déjà inscrit ?

– Non, je réponds.

 – Tu n'as pas reçu une lettre à ce

sujet, il y a quelques semaines ?

– Euh, non.

 – Alors je suppose que tes parents

n'ont pas rempli la fiche et qu'ils

n'ont pas non plus assisté à la réunion ?

– Non, et encore non.

Tout ça n'annonce rien de bon.

E t, <u>pile</u> au moment où je me dis que ça ne peut pas être pire, Marcus intervient dans la conversation :

 – Alors tu ne viendras pas avec nous, Tom. Les inscriptions sont terminées, maintenant. Pas de chance !

COMMENT ÇA A PU ARRIVER ?

J'essaye de me rappeler ce que j'ai pu faire de la LETTRE TRÈS IMPORTANTE qui parlait de LA CLASSE DE DÉCOUVERTE.

Réfléchis, réfléchis.

C'est bon, je me souviens.

AMY doit me prendre pour un idiot d'avoir perdu cette lettre (même si je ne l'ai pas vraiment perdue).

Grrrrr...

Je proteste :

– Je ne suis pas si distrait, d'habitude.

– Mais si, tu l'es, Tom, assure **AMY**.

(Ce qui n'est pas faux.)

Si je n'arrive pas à aller en classe découverte, je vais rater des trucs **SUPER,** comme :

☺ Escalader (je ne suis pas mauvais pour ça)

☺ Nager (cool)

☺ Faire du kayak (ce qui est un peu comme le canoë, que je n'ai jamais essayé non plus – ça a l'air cool)

☺ Construire des TRUCS (j'ai hâte)

TOUS LES ANS, les élèves qui sont partis en classe de découverte reviennent en répétant à TOUT LE MONDE que c'était

GÉNIAL.

(Ce qui est un peu enquiquinant.)

c'était SUPER !

INCROYABLE !

FANTASTIQUE !

J'ai **vraiment** envie d'y aller.

AMY me conseille de demander une nouvelle fiche à **M.** Fullerman. Bonne idée. ☺

Je lève la main 🖐 et dis :

> Monsieur Fullerman, je viens de voir « CLASSE DE DÉCOUVERTE » dans mon agenda. Est-ce que c'est trop tard pour m'inscrire ?

M. Fullerman me regarde et répond :

– **J'espère que non, Tom. Je vais te donner une autre lettre.**

Essaye de ne pas la perdre, cette fois, d'accord ?

(Comment sait-il que je l'ai perdue ?)

LA RÉCRÉ

Dès que je retrouve mon meilleur pote, Derek, à la récré, je lui parle de la classe de découverte.

– Je croyais que tu venais ? me dit-il.

– Non, j'ai oublié, et c'est peut-être trop tard, maintenant.

– Mais ça sera moins **BIEN** si tu ne viens pas, Tom.

C'est très gentil de sa part de le dire, mais ça ne m'aide pas vraiment. On dirait bien que

TOUT LE MONDE part, sauf

moi.

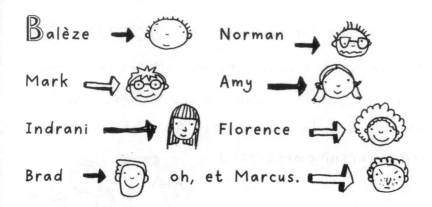

Balèze →   Norman →

Mark ⇒   Amy →

Indrani →   Florence ⇒

Brad →   oh, et Marcus. ⇒

Chaque fois que je 👀 vois Marcus, il me répète qu'il VA FAIRE le voyage scolaire, et **PAS** moi (PAS ENCORE).

> Moi, je pars.

Et, comme si ça ne suffisait pas, tous les profs commencent à parler de la classe de découverte.

> Cela vous sera utile si vous partez en classe de découverte.

SPORTS DE PLEIN AIR

Même Mme Cherington utilise la classe de découverte en cours de MATHS :

- La classe de découverte *dure TROIS JOURS. Il y a neuf activités différentes en tout. Combien d'activités pratiquerez-vous chaque jour ?* (Dans mon cas, la réponse est AUCUNE... puisque je n'irai certainement pas.)

Sur le chemin du retour, Derek se rend compte que je suis un peu à cran. Alors il tente de me faire rire en me racontant ce qui s'est passé aujourd'hui dans sa classe.

– Quelqu'un – je ne sais pas **qui** – a dessiné Mme Somme déguisée en OURS comme pendant **la semaine du livre.**

– Est-ce que ça t'a valu des ennuis, Derek ? (Je me doutais bien que c'était lui.)

– Ça n'est pas passé loin, mais j'ai réussi à EFFACER sa tête juste avant l'arrivée de Mme Somme, qui m'a demandé d'arrêter de dessiner des **EXTRATERRESTRES** au tableau et d'aller M'ASSEOIR !

Derek me montre une petite version de ce qu'il a dessiné.

Mme Somme

C'est trop drôle et ça me remonte le moral. ☺

Le plus IMPORTANT, c'est de donner TOUT DE SUITE, en arrivant à la maison, la fiche de la classe de découverte à papa ou à maman pour qu'ils la remplissent.

Si j'oublie ENCORE, je n'aurai aucune chance de partir.

(Et ça serait CATASTROPHIQUE pour moi.)

Quand j'arrive chez moi, je remarque qu'il y a plusieurs personnes rassemblées devant la porte de la maison d'à côté, ce qui est un peu BIZARRE.

Maman doit penser la même chose, parce que je la vois ☉☉ qui **regarde** par un petit espace entre les rideaux du séjour. Elle continue " 👋 " d'espionner, même quand je lui fais signe.

Avant, il y avait une très **V**ieille dame, qui s'appelait Mme Leary, dans cette maison. Quand j'étais petit, Mme Leary me disait qu'elle avait

À PEINE CENT CINQUANTE ANS, TU SAIS !

Je croyais que c'était V**R**A**I**, jusqu'au jour où Délia 🕶 m'a affirmé que PERSONNE ne pouvait être aussi vieux et qu'il fallait être **IDIOT** pour croire un truc pareil.

🕶 — Ça veut dire que tu es idiot, Tom, a-t-elle ajouté, avec sa gentillesse habituelle. ☹

E t puis, voilà quelques mois, Mme Leary a déménagé  pour se rapprocher de sa famille, et la maison est restée **vide** jusqu'à maintenant...

J e prends donc tout mon temps pour ouvrir la porte tout en essayant de voir qui il y a à côté.

U ne dame avec un bloc-notes discute avec un monsieur et une dame accompagnés de leur fille (qui pourrait avoir à peu près mon âge – je n'en suis pas sûr).

I ls sont sur le point d'entrer dans la maison quand la fille se retourne et me surprend à la DÉVISAGER. Elle commence par me jeter un regard MÉPRISANT...

ET PUIS elle avance en faisant

une GRIMACE VRAIMENT DÉBILE !

hein ?

Je ne m'attendais pas à ça.

Hmmmmmm

J'ai le CHOIX entre ne pas faire
attention à elle,

OU...

... lui faire à mon tour

ÇA !

BOUUUUUH !

Alors elle me fait une **AUTRE** grimace et me tire la langue. **J**e pose mon sac à dos et me sers de mes **DEUX** mains pour *T I R E R* sur mes yeux et remonter mon nez.

(Et je lance un gros **ARGH** pour renforcer l'effet.)

ET VOILÀ.

Maman **TAPE** contre la vitre pour que J'ARRÊTE tout de suite, parce que **TOUT LE MONDE ME REGARDE.**

TOC TOC

Oh !

La honte !

Je voudrais crier : « C'EST ELLE QUI À COMMENCÉ ! » mais, le temps que je me retourne, la dame au bloc-notes a déjà refermé la porte d'entrée, et la fille a disparu à l'intérieur.

Quand j'arrive à la maison, maman paraît un peu **FÂCHÉE.**

– C'était quoi, ces **GRIMACES STUPIDES,** Tom ?

C'est la fille qui a **COMMENCÉ !**

– **C**e n'est **PAS** une excuse, rétorque maman. Tu aurais dû **L'IGNORER** au lieu de **L'IMITER** en faisant une **TÊTE HORRIBLE !**

Délia rentre tôt de ses cours et arrive en *TRAÎNANT DES PIEDS* à l'instant même où maman parle de « TÊTE HORRIBLE ! ».

Ce n'est pas le meilleur moment, vu qu'elle éclate de RIRE avant de dire :

 - Je suis d'accord : c'est vraiment une TÊTE HORRIBLE.

- Va-t'en, Délia ! Maman ne parle pas de ça.

- Quoi ? De ta TÊTE HORRIBLE ?

Maman la corrige aussitôt :

- J'ai dit que Tom faisait une tête HORRIBLE, pas qu'il avait une TÊTE horrible.

 – **Q**uestion de **goût**, réplique ma sœur.

– **B**on, ça suffit !  coupe maman.

Quoi qu'il en soit, ce qui est beaucoup plus important, c'est qu'on a des gens qui visitent la maison d'à côté.

 – **D**es nouveaux voisins ? demande Délia.

– Je ne sais pas encore, répond maman.

Notre mère devient de plus en plus CURIEUSE. Elle annonce que c'est le **BON MOMENT** pour aller étendre du linge dehors.

(**E**n fait, tout ce qu'elle veut, c'est jeter un coup d'œil et écouter ce qui se dit.)

Mais ça me va très bien : pendant que maman tente d'espionner les voisins, je peux m'éclipser dans ma chambre avec un paquet de chips .

C'est encore plus le bazar que d'habitude, parce que j'étais en retard ce matin pour partir à l'école. **J**e cherche la fiche que m'a donnée **M**. Fullerman. (Je suis certain qu'elle est dans mon sac.) Mon attention est un peu détournée par **DEUX BONBONS** coincés dans la doublure. Je les **SENS** sous le tissu... Il faut juste que je trouve comment les récupérer...

Un petit coup à gauche, un petit coup à droite.

PRESQUE...
Ça y est.

MIAM, c'est toujours super de tomber sur des bonbons par hasard ! C'est presque aussi super que de découvrir une autre couche de chocolats encore intacts dans une boîte.

OUAIS !

(45)

L es papiers de bonbons sont un peu

COLLANTS , et je m'efforce

de ne pas en mettre partout, quand je

remarque que j'ai vue sur le jardin voisin.

Il n'y avait personne depuis un moment, et je

n'avais jamais vraiment fait

attention. Pour l'instant,

le monsieur est dehors, en

train de montrer le TOIT

à la dame au bloc-notes,

pendant que l'autre dame

fait le tour du jardin.

L a fille GRIMACIÈRE

frappe les fleurs

à coups de bâton.

(Ça ne va pas plaire à maman.)

Celle-ci est dehors et met un temps **INFINI**

à étendre UN torchon tout en essayant de

regarder par-dessus la clôture et

d'écouter en même temps.

J e suis toujours devant la fenêtre quand Délia sort pour demander quelque chose à maman. Connaissant ma sœur, c'est sûrement un truc du genre **Je peux avoir un peu d'argent ?**

À ce moment-là, Délia lève les yeux et s'aperçoit que je la regarde. Elle ARTICULE les mots « TÊTE HORRIBLE » et prend un air désolé.

O.K., Délia, je vais TE montrer ce que c'est VRAIMENT qu'une tête horrible. Je presse ma figure CONTRE la vitre au point d'avoir le nez complètement écrasé (comme ça, elle pourra voir tout au fond de mes narines), les yeux de traviole, la bouche et les joues aplaties. Bien fait pour elle. Je me laisse un peu emporter et en fais des tonnes...

... en oubliant maman.

Et les nouveaux voisins, qui

me ȯ́ȯ dévisagent ENCORE.

(Mince !)

Maman arrête d'étendre son torchon et

revient dans la maison ⫘. Je suis obligé de

promettre de ne PLUS faire de grimaces.

Oui, maman.

Elle est toujours dans ma chambre quand

la sonnette retentit (ce qui m'arrange bien).

C'est papy Bob, sur son scooter du

troisième âge, qui passe nous dire bonjour,

pendant que mamie

Mavis fait des

courses.

« Salut !

Ta-dam !

Maman lui propose une tasse de thé, et je les suis parce que, chez **nous,**

THÉ + papy = BISCUITS

– C'était qui, tous ces gens qui sortaient de la maison d'à côté ? questionne papy Bob.

– Peut-être nos nouveaux voisins, répond maman, Sauf si Tom les fait fuir.

– La petite avait l'air un peu effrontée. Elle m'a tiré la langue et s'est mise à me faire des GRIMACES sans la moindre raison.

– Tu vois, m'man ? Je dis aussitôt. C'est exactement ce qu'elle a fait avec moi.

fille

– Oui, réplique ma Mère, mais je t'ai demandé de l'ignorer au lieu de lui faire toi aussi des GRIMACES, non ?

– Eh, Tom ! lance papy, je parie que ta grimace n'était pas aussi affreuse que **la mienne** !

Maman regarde papy en secouant la tête. Il fait une tête VRAIMENT impressionnante.

– Je t'en prie, s'exclame Maman, ne me dis pas que tu as fait la grimace à nos NOUVEAUX voisins... Si ?

Prenons ça pour un **OUI**.

Mon grand-père est une **légende**.

ECOLE DES CHÊNES
AGENDA
Classe...............
Nom...................

Mon agenda scolaire est censé me **RAPPELER** les dates et les événements IMPORTANTS de l'école.

Et c'est sur le CALENDRIER accroché dans LA CUISINE qu'on note des trucs comme les anniversaires 🎂 et les vacances ☀ pour que TOUT LE MONDE puisse les voir (et s'en souvenir).

Grrrr

La plupart du temps, c'est de cette façon que je sais ce qui doit se passer.

TOM, VA TE PRÉPARER POUR ....

Compléter sur les pointillés.

Ça peut être une visite chez les cousins ou l'anniversaire de tante Alice...

Il m'arrive aussi d'écrire quelque chose dans ma colonne, du genre :

Semaine 32	Maman	Papa	Tom (moi)	Délia
LUNDI 5			RÉPÉTITION AVEC LE GROUPE (apporter à manger)	
MARDI 6				
MERCREDI				

Mais maman finit toujours par devoir me le rappeler.

RÉPÉTITION AVEC LE GROUPE (apporter à manger)

Il y a des fois où je M'AMUSE à écrire des trucs dans la colonne des autres, par exemple :

(53)

ine 32	Maman	Papa	Tom (moi)	Délia	
NDI 5	Shopping		RÉPÉTITION AVEC LE GROUPE (apporter à manger)	🙂	
ARDI 6	Prendre mamie Mavis au yoga				
RCREDI 7					
JEUDI 8		Pot fin de journée			
VENDREDI 9					
SAMEDI 10		PROGRAMME FITNESS premier jour			
DIMANCHE 11		Et dernier			
		Ha! Ha!			

Papa a mis TOUTE une semaine avant de remarquer cette note.

Hein ?

Il proteste :

- Je te signale, Tom, qu'à partir de MAINTENANT mon corps est un TEMPLE.

Puis il prend des tas de poses de culturiste franchement embarrassantes.

Ça fait rire ma mère, qui lui dit :

- Ça ressemble plutôt à un temple maudit. Et elle barre les BISCUITS de Frank sur la liste des courses.

~~BISCUITS~~
~~(pour Frank)~~
Lait
Beurre
Œufs

– J'imagine que tu ne veux pas que j'achète des gâteaux qui pourraient abîmer ton

« TEMPLE », Frank ?

Il faut travailler dur pour avoir une forme pareille, vous savez,   assure Papa.

Maman et moi, on le laisse bander ses   OOFF
muscles et faire des fausses pompes
contre le mur pour aller au

SUPERMARCHÉ.

100-101-102

Oh là là !

n temps normal, j'évite d'aller faire les courses avec ma mère, mais, en fait, ce n'est pas si désagréable que ça, d'acheter à MANGER.

Essaye ça...
Non !

MIAM, DES GÂTEAUX !

Dans la VOITURE, maman s'apprête à démarrer quand oncle Kevin se gare juste à côté.

Il descend vite fait pour dire bonjour, et maman baisse sa vitre.

Salut, Rita !

Il explique :

— Je passais dans le coin, alors je me suis dit que j'allais en profiter pour voir si tout est toujours O.K.

Maman n'a par l'air de comprendre.

- Tout va TRÈS BIEN, merci, Kevin.

– C'est vraiment très sympa de ta part de filer un coup de main, Rita.

À L'EXPRESSION de ma mère, je vois bien qu'elle n'a pas la MOINDRE idée de ce qu'il raconte. Mais elle répond quand même :

- Ne t'en fais pas, Kevin, ce n'est RIEN du tout.

Alors oncle Kevin se tourne vers MOI...

- Tu es sûr que ça ne t'embête pas, Tom ?

Maman me FOUDROIE du regard, pour le cas où je lâcherais un truc stupide du genre : « On ne voit pas du tout de quoi tu parles, oncle Kevin. »

(Ça ne serait pas la première fois.)

Alors je joue le jeu et réponds :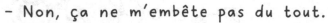

   - Non, ça ne m'embête pas du tout.

Heureusement, oncle Kevin ajoute :

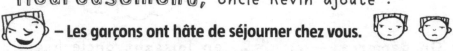 **– Les garçons ont hâte de séjourner chez vous.**

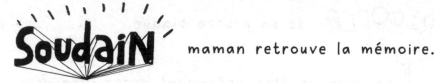   maman retrouve la mémoire.

 **– Bien sûr !**

C'est sur le CALENDRIER DE LA CUISINE.

(Ce n'est pas vrai.)

Oncle Kevin regarde sa montre.

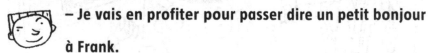 **– Je vais en profiter pour passer dire un petit bonjour à Frank.**

   - On l'a laissé en train de faire de la

GO**NFLETTE,** l'informe maman.

– Eh bien, il en a pour un moment !

On démarre ══ ₑₑ 🚗 en laissant oncle Kevin **RIGOLER** de sa propre blague.

– **T**on père va être drôlement surpris de voir oncle Kevin, tu ne crois pas ?

(Oh, certainement.)

Salut,
Frank les Gros Muscles.

Biscuits

SUPERMARCHÉ
Promo

L'intérêt d'aller faire les courses avec ma **M**ère, c'est de pouvoir *glisser* des TRUCS à grignoter dans le Caddy pendant qu'elle ne regarde pas. →→→→↓

Mais je n'ai pas toujours le droit de les garder.

Je n'achète que l'indispensable, Tom.

Mais les biscuits fourrés SONT indispensables !

Je passe presque tout le trajet à répéter à **M**aman à quel point j'ai BIEN travaillé à l'école cette semaine (pour changer). Je croise les doigts pour qu'elle soit de TRÈS bonne humeur et qu'elle ait envie de me faire plaisir.

Je ne lui raconte pas que MARCUS MELDROU a tenté de me distraire de ma  lecture en LOUCHANT comme un MALADE ➡ juste À CÔTÉ de moi.

(Maman n'a pas besoin d'entendre parler de nouvelles grimaces.) ☺

EN PLUS, un peu plus tard, j'ai bien eu Marcus Meldrou en lui assurant qu'il louchait TOUJOURS.

– Arrête de loucher, Marcus, je lui ai dit.
– Mais je ne louche plus, a-t-il répondu.
– MAIS SI, tu louches... et si tu n'arrêtes pas tout de suite, tu risques de rester comme ça

POUR TOUJOURS

– Alors comment ça se fait que je ne te voie pas en DOUBLE, si je LOUCHE ? a-t-il fait remarquer.

Alors j'ai assuré :

– Oh, mais c'est TRÈS 'MAUVAIS' signe. Ça veut dire que tes YEUX ◠◠ commencent déjà à RESTER comme ça.

(J'étais très convaincant.)

Marcus a voulu vérifier par lui-même et il a demandé à aller aux toilettes.

Il est revenu en râlant :

– Mes yeux vont parfaitement BIEN. Je ne me laisserai PLUS avoir.

Je lui ai certifié qu'ils avaient dû se Remettre en place '(◠ ◠)'' quand il s'était levé. Ha ! Ha !

(Maman n'a pas besoin d'être au courant de ce genre d'histoire.)

Donc, je suis au **SUPERMARCHÉ** avec ma mère et sa 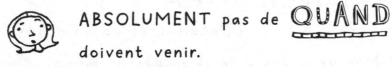 (qu'elle aime bien essayer de suivre À LA LETTRE).

- **H**eureusement que ton oncle Kevin m'a rappelé que tes cousins venaient, dit-elle. **M**ais je ne me souviens ABSOLUMENT pas de QUAND ils doivent venir.

(Moi non plus.)

- Il faut que je regarde sur LE CALENDRIER DE LA CUISINE. Ça DOIT être écrit quelque part.
NON, ça ne l'est PAS, et je sais pourquoi.

Hein ?

— Salut, Kevin. Bien sûr qu'ils peuvent rester à la maison. Je le note sur le calendrier.

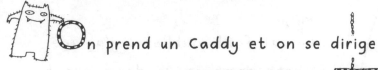 

On prend un Caddy et on se dirige

vers le rayon des  **FRUITS** et **LÉGUMES**

Il y a une *offre spéciale* sur des SACS GÉANTS

DE **BANANES** À PRIX RÉDUIT.

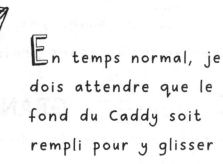

Maman en met un dans le Caddy

en déclarant :

— Elles sont un peu vertes,

mais ça va mûrir.

En temps normal, je

dois attendre que le

fond du Caddy soit

rempli pour y glisser

un truc qui me fait envie.

Mais là, je n'en ai

pas l'occasion parce

que maman a apporté

une autre...

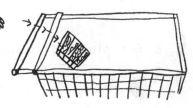

– J'ai failli oublier : j'ai une mini-liste dont je voudrais que tu t'occupes, Tom. Tu veux bien ?

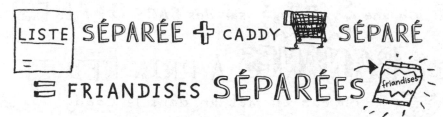

LISTE SÉPARÉE + CADDY SÉPARÉ = FRIANDISES SÉPARÉES

Oui, m'man, pas de problème.

– Je ne bouge pas, alors tu reviens directement ici, sans traîner, D'ACCORD ?

Ce n'est pas un GRAND SUPERMARCHÉ – je sais où chercher les choses et ça ne prendra pas longtemps.

Ça me plaît d'avoir un Caddy à moi.

D'après la liste, je dois trouver...

 ○ Des céréales fastoche. ✓

 ○ De la pâte à ✓ tartiner au chocolat (ce n'est PAS sur la liste, mais c'est en PROMO).

○ Un paquet de sucettes (pas sur la liste, ✓ mais pour les cousins).

○ Un paquet de biscuits apéritif (pas sur la liste, mais pour les cousins et moi). ✓

 ○ Un paquet de farine autolevante – ✓ si elle le dit.

 ○ Un paquet de sucre en poudre – ✓ coché   (c'est le *paradis* de faire les courses.)

 ○ Un paquet géant de rouleaux de papier toilette (le plus grand).

Je jette un coup d'œil dans l'allée. Je ne m'imaginais PAS qu'il y avait autant...

de sortes différentes !

Molletonné, ultradoux, recyclé, triple épaisseur, économique, par deux, six, douze – et de couleurs variées.

Je relis la liste attentivement. C'est marqué un PAQUET GÉANT. Mais j'ai l'impression qu'ils sont tous pareils.

J'hésite. Et puis je repère le

PLUS GROS PAQUET

que j'aie jamais vu.

(Oui, c'est ça.) ➡️

J'essaye d'attraper un paquet sur l'étagère. Ce n'est pas lourd, mais pas facile à transporter. J'ai du mal à voir

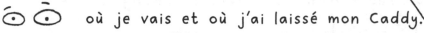 où je vais et où j'ai laissé mon Caddy.

 Il est là, quelque part – ah, le voilà !

Je **FOURRE** l'énorme paquet de papier toilette dans le Caddy et retourne dans le rayon où se trouve ma mère.

En chemin, je fais un petit détour rapide pour **prendre** des gaufrettes au caramel, que je glisse sous les rouleaux de PQ.

VOILÀ – terminé. ☺

J'entends qu'on m'appelle.

Tom ! Ce doit être ma mère. Alors je fais un super demi-tour avec le Caddy, et je **TOMBE** pile sur

AMY PORTER ?

Je demande :

– Qu'est-ce que tu fais ici, Amy ?

– La même chose que toi, Tom, répond **AMY**...
enfin, jusqu'à ce que tu me PIQUES
mon Caddy.

– **H**EIN ? C'est vrai **?**

– **O**ui, c'est vrai, je t'ai vu faire. Nos
courses sont sous cet **ÉNORME** paquet
de papier toilette.

– Oh, oui...

Tu as raison.

MAXI
ROULEAUX
double
épaisseur

(C'est très
gênant.)

Il faut qu'on **échange** nos Caddy.

Allez, viens, suis-moi.

(C'est le parcours de la HONTE à travers le **SUPERMARCHÉ**.)

— Ça fait un sacré PAQUET de rouleaux, commente **AMY**.

(Oh, super ! — comme si ce n'était pas assez **GÊNANT**, il va falloir parler de PAPIER TOILETTE, maintenant.)

Je me justifie :

— C'était sur ma LISTE.

Et j'agite le bout de papier sous son nez.

La mère d' **AMY** discute avec ma mère, qui se trouve juste à côté de mon Caddy, REMPLI de trucs qui ne figuraient PAS sur la liste.

— Ne t'en fais pas, Tom, ça arrive, assure la mère d' **AMY**.

– Je me demandais pourquoi tu mettais autant de temps ! dit maman. (Elle a repéré tous mes petits suppléments.)

J'explique :

– C'est pour les cousins... bon, d'accord, et un peu pour moi.

– Tu as écrasé notre pain et nos tomates, Tom, fait remarquer AMY.

(Oups – c'est vrai.)

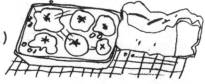

– On en prendra d'autres, dit sa mère.

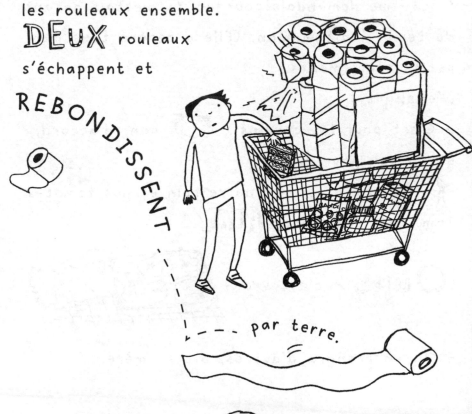

Heureusement, les rouleaux de papier toilette n'ont pas écrasé mes gaufrettes au caramel. J'attrape les gaufrettes et je les fourre dans notre Caddy, derrière le paquet de rouleaux.

Seulement, je ne sais pas comment je me débrouille, mais, sans le faire exprès, j'**arrache** le plastique qui maintenait les rouleaux ensemble. **DEUX** rouleaux s'échappent et

REBONDISSENT

‑‑‑ par terre.

Puis ils CONTINUENT DE ROULER jusque derrière les caisses et prennent de la vitesse à mesure qu'ils se dévident.

— Vite, TOM, ATTRAPE-LES ! crie Maman.

J'essaye ! Je réussis à les ramasser avant qu'ils ne se soient complètement déroulés.

(Et en plus,
tout ça devant Amy.)

Je voudrais juste qu'on rentre à la maison.
Mais on doit ENCORE passer à la caisse. ☹

- Ce paquet de papier hygiénique est déchiré. Vous en voulez un autre ?

propose le caissier à maman.

Ma mère accepte :

- Ce serait très gentil, merci.

Alors, le type de la caisse annonce DANS SON MICRO :

- UN PACK DE MAXI-ROULEAUX DOUBLE ÉPAISSEUR POUR LA CAISSE 6, S'IL VOUS PLAÎT. LE PAQUET SUPER GÉANT, CELUI QUI DONNE L'IMPRESSION QU'IL VA DURER AU MOINS... UN AN ?

C'est faux, évidemment –
mais le type se croit drôle.

(Je crois que j'ai eu ma dose de papier toilette pour aujourd'hui !)

On range les courses dans la voiture quand on tombe ENCORE sur AMY et sa mère. Maman cherche à faire ENTRER le paquet géant de papier toilette dans le coffre (qui refuse de se fermer). Elle décide de me passer les rouleaux un par un pour que je les mette sur la banquette arrière.

– Décidément, observe AMY ce papier toilette est un vrai casse-tête, non ?

– C'est rien de le dire, je réplique.

Et puis je me rappelle soudain d'un truc qui n'est PAS casse-tête DU TOUT : mes gaufrettes au caramel ! Je les sors du sac et en propose une à Amy :

– Heureusement que j'ai pensé à les sortir de ton Caddy !

– Merci, Tom, me dit Amy. Et est-ce que tu as pensé aussi à remettre à tes parents ta fiche d'inscription à la classe de découverte ?

- NON !

C ela fait presque UNE semaine que M. Fullerman m'a donné une NOUVELLE fiche à remplir (qui doit encore se trouver quelque part dans ma chambre).

S ur le chemin du retour, maman me dit de ne pas m'inquiéter.

– Tu ne peux rien y faire pour le moment, Tom. Je remplirai ton papier dès que nous serons rentrés.

C'est le plan.

Une fois à la maison, je cours tout de suite chercher ma fiche. Je crois qu'elle est enfouie quelque part dans le FOUILLIS de ma chambre... Enfin, j'espère.

Ah ! Elle est coincée sous une pile de ROCK HEBDO. Je redescends avec, et maman la remplit pendant que papa range les courses.

Pas de biscuits ?

Maman a une idée :

- Pour que tu ne rates pas le voyage, qu'est-ce que tu dirais si je faisais un saut à l'école pour y apporter ta fiche moi-même et discuter VITE FAIT avec un responsable ?

- Comment ça, « discuter » ?

je demande, craignant le pire.

- N'aie pas peur, Tom. Je me renseignerai très poliment sur le voyage auprès de M. Fullerman ou de Mme Marmone. On ne voudrait pas que tu rates ça.

Puis (comme d'habitude) Délia débarque et parvient à se mêler de la conversation.

– Ce qu'on veut PAR-DEssus TOUT, c'est se débarrasser de toi pendant plusieurs jours, assure-t-elle.

– C'est absolument faux, proteste maman.

– Bon, d'accord...

Pendant plusieurs semaines.

(Je fais comme si elle n'était pas là.)

Papa veut savoir pourquoi on a acheté AUTANT de bananes.

– On va avoir de la visite, explique maman, alors ne t'en fais pas, tout sera mangé.

Mais Délia affirme qu'à moins d'avoir invité une colonie de chimpanzés à goûter on aura du mal à manger TOUTES ces bananes – ce qui n'a pas l'air de faire plaisir à maman.

80

– Elles étaient en **super** promo, et j'essaye de faire des économies.

– En parlant de fric,  je peux vous emprunter de quoi payer le bus ? fait Délia.

Les Parents oublient les bananes pour dire à Délia que :

1. Elle ne peut pas leur demander de l'argent tout le temps.

2. Elle est assez grande pour se trouver un petit boulot le samedi.

> Je peux avoir un peu de fric ?

Je me tiens derrière les parents et je hoche la tête pour marquer mon approbation. Quand je fais ça, d'habitude, Délia...

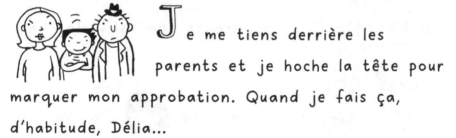

N'A PAS LA BANANE !

Ha ! Ha !

Mais, aujourd'hui, elle se contente de répliquer :

– Vous pouvez me filer un peu de blé, s'il vous plaît, ou je vais être **EN RETARD**.

– **EN RETARD** pour quoi ? questionne maman. Tu ne nous as pas dit que tu sortais. **C**e n'est pas noté sur le CALENDRIER.

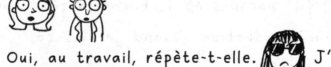

J'agite **maintenant** un doigt accusateur dans sa direction.

– Je vais être en retard au **travail**, répond **D**élia.

AU TRAVAIL ? Les parents sont sous le choc.

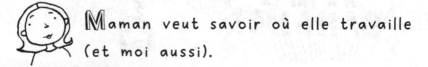

– Oui, au travail, répète-t-elle. J'ai un job. Je vous rembourserai quand j'aurai été payée.

Maman veut savoir où elle travaille (et moi aussi).

– **D**ans un petit resto en ville, juste quelques heures. Mais c'est un job, alors soyez contents, d'accord ?

Bouche bée, papa lui donne un peu d'argent. Délia *file aussitôt* et laisse les parents un peu interloqués.

J'en profite pour glisser ce qui me paraît une **excellente** suggestion :

– Maintenant que vous n'avez plus à vous occuper de Délia, est-ce que ça veut dire plus d'argent de poche pour moi ?

Bon, je prends ça pour un non. (Mais ça valait quand même le coup d'essayer.)

aman me demande de ranger ma chambre, AU CAS où les cousins débarqueraient aujourd'hui.

J'accepte de mettre un tout petit peu d'ordre. Pendant que je fourre quelques affaires sous mon lit (ce qui suffit à donner une impression d'ordre), j'aperçois Derek à la fenêtre de sa chambre.

Il me montre un panneau où est écrite une excellente idée.

Une partie de BATAILLE DE MONSTRES ?

Je présente une pancarte où j'ai marqué...

C'est un jeu très utile lorsqu'on s'ennuie et qu'on ne doit PAS FAIRE DE BRUIT.

Un jour, pendant une réunion particulièrement **LONGUE** et assommante, on y a joué au fond de la salle.

C'est comme une bataille navale **normale**, mais avec des **MONSTRES**.

Voilà les règles :

Ça, c'est un ROI monstre, ça vaut 20 points.

Et ça, c'est une REINE monstre, ça vaut 20 points aussi.

Il y a aussi cinq mini-monstres, qui valent 5 points chacun.

Et cinq **TACHÉS** monstres qui valent 1 point chacune.

85

On dessine une grille avec, d'un côté, des numéros et, d'un côté, des lettres...

	1	2	3	4	5	6	7	8	9	10
A										
B									✹	
C										
D			▯		👹					
E		▯	▯				✹	▯		
F										
G		✹	▯					✹	✹	
H					✹					
I							👁			
J										

Et on dessine tous les monstres dans des carrés différents.

✹ = B9 . E7 . G2 . G8 . G9   👹 = D5

▯ = D3 . E2 . E3 . E8 . G3   👁 = I7

Derek écrit sur quelle case il veut aller et me l'indique par la fenêtre.

Il a déjà TOUCHÉ un de mes monstres. ARGHHH !

Arghhh !
Touché.
1 point.

Ensuite, c'est mon tour.

(Raté.)

Ha !
Ha !
Manqué

Il dégomme un autre de mes monstres !

AGGGH !
touché
20 points

On joue jusqu'à ce que la mère de Derek vienne lui dire d'aller au lit.

DEREK DOIT SE COUCHER MAINTENANT

Salut, Tom !

Bonne nuit !

Je n'ai pas du tout sommeil,
alors je fais des dessins
de monstres...

Gros monstre tout
mou à UN œil

Dessin de monstre
OISEAU

Monstre
idiot

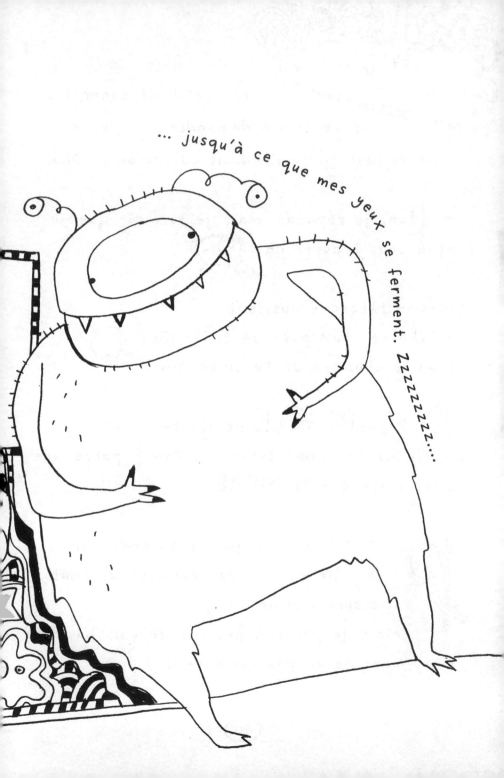

BONJOUR !

Au petit déjeuner, les parents me demandent si j'ai la moindre idée de l'endroit où travaille Délia.

– Non, je réponds, mais je suis sûr que je peux vous trouver ça !

Maman rétorque aussitôt :
– Je ne veux pas que tu fouilles dans la chambre de ta sœur, Tom.

Papa RIGOLE et ajoute :
– Rigoureusement interdit, Tom – parce que c'est réservé à ta MÈRE.

– Qu'est-ce que tu entends par là ? Je ne suis pas curieuse du tout ! assure maman.

(Mais je pense à des tas de fois où elle s'est montrée un peu curieuse !)

– **E**t quand tu as fait semblant d'étendre du linge pour entendre ce que disaient les **NOUVEAUX** voisins ? je fais remarquer.

– J'avais toute une lessive à étendre, proteste maman. Je ne faisais pas semblant !

Alors je lui rappelle qu'elle n'a étendu qu'un **SEUL** torchon, cette fois-là.

Ça fait **RIGOLER** papa.

– **D**epuis quand on a de nouveaux voisins ? questionne-t-il.

Je lui raconte qu'ils ont **VISITÉ** la maison d'à côté et que la fille avait l'air d'une **VRAIE** peste.

– Elle n'a pas arrêté de me faire des grimaces **SANS RAISON**... comme ça...

(Je lui fais une démonstration.)

Délia, qui descend prendre son petit déjeuner, déclare :
- C'est **BEAUCOUP** mieux comme ça, Tom. Surtout, ne change rien.

(Très drôle, Délia.)

- **B**onjour, mademoiselle J'ai-du-boulot, lance papa.

Oh ! je t'en prie, fait Délia.

Maman lui demande à nouveau où elle travaille.
- Qu'est-ce que ça peut vous faire ? réplique Délia. Si je vous le dis, je sais ce qui se passera. Vous allez **TOUS** venir me **CASSER** les pieds.

(Quelle bonne idée ! J'ai vraiment envie de savoir où elle travaille, maintenant.)

- Bon, j'y vais, grogne Délia. Et je rentrerai tard , ce soir, parce que je **TRAVAILLE**

Maman lui met des bananes sous le nez.

Grrrrr

– Prends-en une, au cas où
tu aurais un petit creux...
prends-en deux.

Je viens juste de remarquer que mon bol de

céréales est lui aussi couvert de rondelles de
banane. Ce n'est pas ce que je prends d'habitude
au petit déjeuner, mais ça ne me dérange pas –
j'aime bien les bananes.

Ça tombe bien, parce qu'on  en a des

QUANTITÉS.

Ma fiche d'inscription pour la classe de découverte est collée sur le frigo avec un grand POST-IT marqué « NE PAS OUBLIER » (pour ne pas que j'oublie).

J e réussis à persuader ma mère de NE PAS venir discuter  de quoi que ce soit à l'école. Je ne risque plus d'oublier ma fiche, maintenant que maman a collé des pense-bêtes absolument PARTOUT.

$\mathbb{D}$erek fait un SAUT pour voir si je suis prêt pour partir à l'école. T'es prêt ? (Pas tout à fait : presque.) Pendant que je me brosse les dents à l'étage, papa bavarde en bas avec Derek.

— Tu fais la classe de découverte, Derek ?

— J'espère bien.

$\mathbb{E}$t puis j'entends ma mère demander à Derek s'il peut :

1. Vérifier que je donne bien ma fiche ?

2. Prendre une banane ?

— On en a plein, ajoute-t-elle.

On dirait que maman ne me fait pas confiance ! Ça m'embête. $\mathbb{J}$e DÉVALE l'escalier et attrape mon sac. Derek et moi, on lance tous les deux SALUT ! et on sort en trombe. On est déjà presque au bout de la rue quand je fais une tête qui indique clairement à Derek que... NOOOOOOOOON !

Ma mère se tient devant la porte avec la fiche dans une main. (Et une banane dans l'autre, au cas où j'aurais faim.) **Je l'ai !**

À l'école, M. Fullerman me demande de porter la fiche au secrétariat. **J**e vais donc tout de suite voir Mme Marmone, qui est au téléphone. Pendant que j'attends qu'elle ait terminé, une famille entre derrière moi. Mme Marmone pose la main sur le micro et dit :

– Veuillez m'excuser. Je suis à vous dans une minute. Asseyez-vous, je vous prie.

Ça ne s'adresse pas à moi, mais à la famille, qui va s'asseoir aussitôt. Je me retourne.

Il y a une FILLE qui me dit ȯ́ȯ́ vraiment quelque chose. Pendant que je la regarde... elle me fait bêtement les dents de lapin. Ça y est,

JE ME RAPPELLE !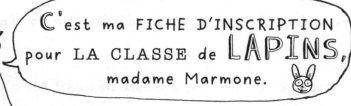

Qu'est-ce qu'elle fait ICI , dans mon école ? Mme Marmone raccroche.

– Qu'est-ce qu'il y a, Tom ?

Je lui remets la fiche, mais je suis un peu distrait par la FILLE et je BAFOUILLE...

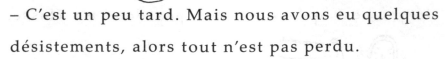

C'est ma FICHE D'INSCRIPTION pour LA CLASSE de LAPINS, madame Marmone.

Ce qui ne veut absolument rien dire.

– Tu veux dire, ta fiche d'inscription pour la classe de découverte, Tom ?

– OUI.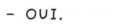

– C'est un peu tard. Mais nous avons eu quelques désistements, alors tout n'est pas perdu.

Je dis à Mme Marmone que je regrette d'être en retard, mais que j'ai vraiment très envie de partir et que si elle peut faire quoi que ce soit pour que je sois accepté, ce serait CARRÉMENT GÉNIAL.

– C'est peut-être ton jour de chance, Tom. Nous avons déjà deux annulations

C'est une EXCELLENTE NOUVELLE.

Ensuite, Mme Marmone déclare à la famille qui attend :
– Bienvenue à l'école des Chênes ! M. Fana ne va pas tarder à vous recevoir.

J'espère que cette fille ne va pas venir dans mon école ! Et si elle s'inscrit, je croise les doigts pour qu'elle ne soit pas dans ma classe.

Ce serait **LA CATA** – sauf si on la met à côté de Marcus et qu'elle l'enquiquine, lui. (Ça pourrait marcher ?)

Dès que j'ai donné ma fiche, je retourne en classe pour suivre mon cours préféré.

 **DESSIN**

(Les choses s'améliorent !)

C'est **M**me Cherington qui nous fait cours, aujourd'hui.

- *Recouvrez vos tables de papier pour éviter de les salir.*

Mme Cherington veut ensuite qu'on prenne un pinceau, un gobelet avec de l'eau, et qu'on choisisse une seule couleur de peinture pour faire notre dessin. (Moins de peinture à nettoyer, sûrement ?)

Norman Watson a du mal à **METTRE** la peinture sur sa feuille.

Il y en a déjà plein qui a giclé sur le dos de Fleur.

Arrête d'envoyer de la peinture partout, Norman !

Alors, Mme Cherington ajoute :

- Trouvez un joli objet à peindre en suivant la technique que je viens de vous montrer. Vous pouvez choisir l'un des objets posés sur la table.

(Hum, pas vraiment, non.)

- Ou vous pouvez prendre quelque chose à vous.

C'est une idée. Dommage que je n'aie pas apporté de gaufrettes au caramel.

Je fouille dans mon sac et trouve quelques piques à apéritif qui restent du hérisson banane-fromage que mamie m'a donné.

Et je trouve une AUTRE

banane.

Hérisson-banane de mamie

Je  **Plante** les piques sur la banane pour lui donner un peu l'allure d'un alien.

AMY va chercher une petite plante sur la table, et, je ne sais pas **POURQUOI**, Marcus a choisi de peindre une CHAUSSETTE en laine qui fait comme un gant de pied.

Mme Cherington passe entre les tables et nous donne des conseils.

– *Tu as très bien commencé ta chaussette, Marcus.*

Soudain, Marcus bouge le bras et me donne un **COUP**...

Je fais GICLER plein de peinture sur ma feuille juste au moment où Mme Cherington s'approche de moi.

– *Mmmmm, voici une combinaison intéressante, Tom.*

J'essaye de lui expliquer comment ça s'est produit.

– Je n'ai pas fait exprès... c'est Marcus qui m'a... Mais Mme Cherington est déjà partie empêcher Norman de tout ASPERGER de peinture.

– Merci beaucoup de m'avoir poussé, Marcus, je dis.

– Je ne t'ai pas touché ! proteste-t-il. Ce n'est pas de ma faute si ton dessin ressemble à une

grosse

TACHE.

Mmmm, cette tache me rappelle quelqu'un.

Je demande à Amy :
— Tu devines qui c'est ?

Elle trouve tout de suite.

Ha ! Ha !
Ha ! Ha !

Pendant que j'attends que ma peinture SÈCHE, je sors _____ les piques de ma banane pour la manger.

Mais je remarque soudain que les petits trous laissés par les piques sur la peau de banane sont devenus tout NOIRS.

Alors je perce de nouveau délicatement la peau de la banane, et le trou NOIRCIT presque aussitôt. SUPER - ça ouvre des pistes.

Je fais donc d'autres petits trous et commence à tracer un dessin.

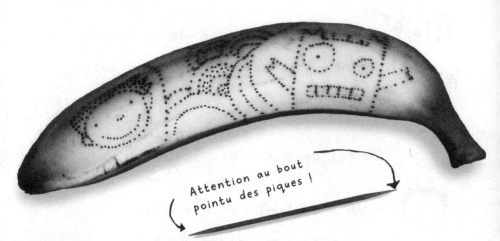

Attention au bout pointu des piques !

AMY se demande ce que je fais, et je lui montre.

- C'est **DINGUE !** s'exclame-t-elle.

- C'est bien, non ?

Je fais un autre dessin en pointillés sur l'autre face de la banane.

Devine qui c'est !

AMY est très impressionnée et trouve ça **MARRANT**. Marcus, toujours aussi curieux, jette un coup d'œil aussi.

- Qu'est-ce que c'est ?

 - Un **dessin** sur banane.

- Montre ! me demande-t-il.

Marcus veut savoir comment je fais.
- C'est facile, je réponds. Je vais te montrer.

Pique Pique Pique Pique Pique Pique Pique Pique Pique... Pique.

- Et voilà... c'est comme ça qu'on fait.

Marcus examine la banane très attentivement. Les pointillés noircissent vite, et il dit :

– D'accord, j'ai compris, maintenant...

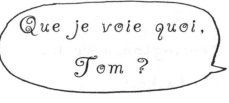

EST-CE QUE C'EST MME CHERINGTON ?

– Ne parle pas si fort, Marcus. Je ne voudrais pas que Mme Cherington le voie.

Que je voie quoi, Tom ?

(Trop tard.)

– *C'est très créatif, Tom. Tu as réalisé un dessin en pointillés sur une banane...* **observe** Mme Cherington **(c'est, ca).** *Et ca me ressemble un peu, non ?*

Aïe ! Je crois que j'ai un problème...

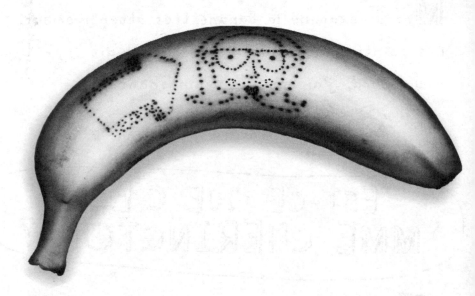

– Je veux te parler après la fin du cours, Tom.

(J'imagine que Mme Cherington a vu les petits points de la moustache.)

Grrrrrr

(Ça aurait sûrement pu être pire.)

ENCORE PLUS de bananes !

Mes *tatouages* de bananes ont **VITE** fait le tour de l'école. Les élèves n'ont jamais autant aimé les bananes. Il y en a partout !

J'en ai décoré **d'autres** à la maison aussi. (On peut quand même les manger si on ne les laisse pas traîner TROP longtemps.)

Celle-ci est pour **D** élia.

Je lui ai affirmé que c'était un cadeau. Ha ! Ha !

La montagne de bananes que maman avait achetée commençait à diminuer quand mamie Mavis en a rapporté tout un **TAS**.

- Salut ! Je sais que vous aimez tous les bananes, et c'était une super affaire. (Heureusement qu'elle n'a pas apporté un autre hérisson à la banane, cette fois-ci.)

Mais elle a quand même préparé des petits gâteaux au poivre et à la banane.

Norman et Derek sont arrivés pour qu'on répète nos morceaux, juste à temps pour en manger un peu.

On est censés écrire de nouvelles chansons pour les CLEBSZOMBIES . Mais c'est tellement facile de se laisser distraire... Mamie nous donne une assiette de petits gâteaux à emporter dans ma chambre. Norman mange presque tout.

Je sors ma guitare et ESSAYE de trouver des sujets de chansons.

Et si on parlait de bananes ? propose Norman.

Peut-être (ou pas).

– Ou d'un chien qui s'appellerait Coq ? lance Derek, parce qu'on entend son chien ABOYER dans le jardin.

Norman se demande si notre groupe préféré de TOUS les temps RODEO3 écrirait une chanson sur un chien.

Pour l'instant, nos nouvelles chansons n'avancent **PAS** beaucoup.

On trouve d'autres idées en regardant autour de nous dans la chambre.

Chanson de l'oreiller

Chanson de la couverture

Je vois par la FENÊTRE.

Chanson de la fenêtre

Alors je suggère de chercher l'inspiration dans la pile de **ROCK HEBDO**.

Et je propose :
- Délia en a d'autres dans sa chambre. Je vais les chercher.

C'est une **IDÉE GÉNIALE** !

La chambre de **D**élia Ha ! Ha !

Je crois que Délia est partie travailler (quel que soit son travail), et je peux donc fouiller en toute tranquillité.

Alors que je fouine, je repère un truc **TRÈS BIZARRE** dans la chambre de ma sœur.

C'est un petit **CHAPEAU** blanc. Je n'ai **JAMAIS** vu Délia porter un truc de ce genre !

Je prends les **ROCK HEBDO** et pose le chapeau sur ma tête. **N**orman et **D**erek trouvent que ça me donne l'air idiot.

Ça leur donne l'air idiot aussi.

Alors qu'on parcourt les numéros de **ROCK HEBDO**, une PAGE ATTIRE MON ATTENTION :

APPEL À TOUS LES FANS DE RODEO 3

Saisis ta chance de créer un T-shirt pour **RODEO 3.**

RODEO 3 se tourne vers ses fans pour trouver un dessin original qui sera imprimé sur des T-SHIRTS que porteront les membres du groupe !

Envoie ton dessin à l'adresse ci-dessous

Avec ton nom :

Ton adresse :

Ton mail et n° tél. :

On arrête (pour le moment) d'écrire des chansons. Je sors tout mon matériel de dessin et on se lance dans la création de T-shirts.

Norman fait **GICLER** un peu moins de peinture partout, cette fois.

Le dessin de Derek est franchement pas mal aussi.

Le motif de mon T-shirt me prend un moment - mais ça vaut le coup.

Papa passe la tête par la porte pour voir comment avancent nos chansons. (Elles n'avancent pas.)

Puis il annonce :

> J'ai un petit goûter sympa pour vous trois. Devinez ce que c'est : vous avez droit à trois réponses.

Salut !

> Pas encore des bananes,

je proteste avec un grognement.

> Des bananes... avec une différence.

Papa a collé une gaufrette sur chaque banane. Merci, papa ! (C'est une très bonne idée.) →

Nos idées pour les T-shirts lui plaisent aussi. **N**orman essaye de manger sa banane pendant que Derek et moi attaquons les gaufrettes. On garde les bananes pour plus tard (quand j'aurai eu le temps de les décorer). On termine tout juste nos dessins de T-shirts quand Délia déboule comme une **BOMBE** dans ma chambre.

Elle **HURLE** :

> Où est mon **CHAPEAU ?**

– Quel chapeau ? je demande.

 – CELUI que tu as piqué dans ma chambre avec ces numéros de **ROCK HEBDO**, répond-elle en regardant les magazines.

J'essaye de garder mon sérieux et lui affirme :

– Pas de chapeau par ici.

(Derek et Norman ne s'en mêlent PAS.)

– J'en ai **besoin** pour mon TRAVAIL alors t'as intérêt à me le rendre VITE fait. Puis Délia repère soudain son chapeau... posé sur les bananes.

Elle l'attrape d'un geste brusque et crie :

– Reste en DEHORS de ma chambre !

J'attends que Délia soit sortie avant de faire RIRE Derek et Norman avec ça :

Ha ! Ha !

DU NOUVEAU À L'ÉCOLE !

En classe, M. Fullerman nous informe qu'il a une annonce à faire. Vu son expression, je ne sais pas si c'est une **BONNE** nouvelle, une **MAUVAISE**, ou les deux à la fois.

Alors on attend... on attend...

— **C'est au sujet de la classe de découverte,** commence-t-il.

(Il fait vraiment traîner les choses...)

— **Si vous avez mis votre nom sur la liste, je peux d'ores et déjà vous dire...**

(OUI, quoi ?)

— **Que vous...**

QUOI !

— **... participerez tous au voyage.**

OUF ! Voilà une **BONNE** nouvelle.

Et il ne reste plus beaucoup de temps avant qu'on parte, ce qui est tout aussi bien. Il annonce alors (et c'est un peu MOINS génial) que :

– **Tout le monde devra prendre des notes sur toutes les expériences intéressantes que vous ferez pendant le voyage.**

Vraiment ?

– **Chacun de vous recevra un CARNET dans lequel vous devrez écrire.**

(Et dessiner aussi, j'espère ?)

M. Fullerman nous montre des carnets de voyage que d'autres élèves ont remplis les années précédentes. (Ce n'est pas mal du tout.)

– **Comme vous le voyez, ce sera un souvenir formidable de votre classe de découverte.**

Hum, sûrement. J'ai surtout l'impression que c'est beaucoup de travail. Les carnets en question sont un peu plus jolis que nos cahiers habituels – ce qui est bien... Et il n'y aura pas d'autre travail à faire que cette espèce de journal. SUPER !

M. Fullerman distribue d'autres DOCUMENTS au sujet du voyage. Il y a une LISTE de ce qu'on doit emporter. La seule chose que je n'ai pas déjà, c'est un coupe-vent imperméable mais Derek en a deux, et il peut m'en prêter un. Je vérifie ça avec lui à la récré.

Pas de problème.

OUF !

– Ça m'évitera d'avoir à faire les courses ⬇ avec ma mère. Ça sera une corvée de moins.

Derek veut savoir si Délia est toujours FURIEUSE contre moi.

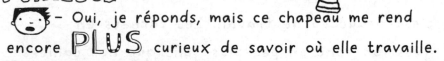

Regarde comme c'est mignon, Tom.
Pas pour moi.

– Oui, je réponds, mais ce chapeau me rend encore PLUS curieux de savoir où elle travaille.

(Il va falloir que je tire ça au clair quand je rentrerai de la classe de découverte – les parents aussi ont envie de savoir.)

Maintenant que je suis SÛR de partir en CLASSE DE DÉCOUVERTE, plus aucun prof n'en parle pendant son cours !
(Alors qu'avant ils ne parlaient que de ça !)

Ça m'agace, parce que je suis tellement excité que je n'arrive pas à penser à autre chose...

En classe...

... et à la maison.

Les parents, eux, commencent à ME GAVER avec le voyage.

Il va te falloir plein de maillots de corps chauds.

Soupir

Tu peux emporter ce bonnet de laine, Tom.

Oh, SUPER !

Je ne pars que **TROIS JOURS**

mais, si on écoute ma mère, on dirait que je

m'en vais **TROIS SEMAINES** !

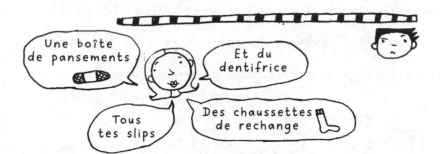

Une boîte de pansements

Et du dentifrice

Tous tes slips

Des chaussettes de rechange

Délia a été **SOUVENT** absente, et je n'ai pas revu ce petit CHAPEAU  depuis qu'elle l'a récupéré sur les bananes.
Et je pars demain en classe de découverte.

LES FOSSILES sont passés me dire AU REVOIR.

– Je t'ai préparé un « petit quelque chose », me dit mamie Mavis. (Ce qui est très gentil de sa part.)

126

Ça ne me paraît pas petit du tout, si ?

Ça ne l'est pas.

Mamie m'a tricoté un pull GIGANTESQUE avec une ÉNORME banane qui sourit dessus !

— Il va t'aller, Tom. Et il te tiendra chaud pendant ton voyage, assure-t-elle.

— Merci, mamie.

Je ne lui dis pas qu'il ne rentrera peut-être pas dans mon sac . Grand-père me donne des biscuits à la banane « pour les petits creux du voyage ».

Il en entame un et fait semblant de s'être cassé les dents.
Mamie soupire.   crac
Je les embrasse tous les deux et vais terminer de faire mes bagages.

Je découvre (JE NE SAIS PAS COMMENT) que ma mère
a réussi à finir de préparer mon sac en douce.

Il ne me reste donc
plus qu'à me concentrer
sur **le plus
important** (de quoi
grignoter). Et je laisse
certains trucs que maman voulait que j'emporte.

Charlotte
pour la
douche ?

Masque pour
les yeux ?

(Je garde
les pansements.
Ça peut servir.)

Ce soir, je me couche TÔT. Je ne veux pas
être (comme d'habitude) en retard.

Je suis TRÈS EXCITÉ.

Il ne faut pas que j'oublie
d'emporter mon carnet de voyage.

Tom Gates
classe de
DÉCOUVERTE
(C'est une sorte
de carnet de voyage)

OH
OUI !

Fourmi
grimpeuse

Les pansements servent déjà.

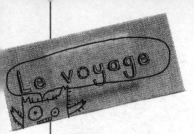

RÉVEILLE !

Pour CHANGER, j'ai réussi à me réveiller DE BONNE HEURE ☼ afin de pouvoir :

1. Prendre la salle de bains A. D. (ce qui signifie « Avant Délia »).

2. Vérifier que je n'ai rien oublié d'important pour le voyage (mon maillot de bain, par exemple – PARCE QUE cela m'est déjà arrivé).

3. Prendre une TRÈS GRANDE décision :
🐻 nounours ou ⊗ pas nounours ? 😐
(J'ai décidé de prendre mon ours, mais de le cacher.) Ensuite, j'ai ÉCRASÉ mon sac pour arriver à le fermer et je suis descendu prendre mon petit déjeuner. ☺

(130)

J'étais vraiment de très BONNE humeur jusqu'à ce que je tombe sur Délia, qui sortait de sa chambre. Elle m'est *passée devant* en disant :

> Tu ne devrais pas être parti ?

Ce que j'ai trouvé très stupide.

Je lui ai donc répliqué :

- Si j'étais PARTI, je ne serais pas ici.

- Eh bien, alors, dépêche-toi ! a-t-elle conseillé avant de TRÉBUCHER sur des pots de peinture et des pinceaux que papa avait laissés en bas de l'escalier.

Papa, qui se trouvait dans la cuisine, a lancé :

> Attention aux pots de peinture et aux pinceaux au pied de l'escalier !

un tout petit peu **trop** tard.

> Tu t'es emmêlé les pinceaux ?

j'ai demandé à Délia. J'ai trouvé ça MARRANT, mais pas elle.
Ha !

J'ai posé mon sac à côté de la porte d'entrée, puis j'ai foncé dans la cuisine, d'où

venait une odeur DÉLICIEUSE.

C'était des  CRÊPES.

MON PETIT DÉJEUNER PRÉFÉRÉ. ☺

Maman a déclaré que les crêpes m'aideraient à tenir
- Toute la journée, pendant ce **LONG** voyage. (Merci, maman !) ☺

 Délia (qui était encore **PLUS** grognon que d'habitude) a râlé :
- Quel très **long** voyage ? Il va passer deux heures dans un car, **PAS** gravir une MONTAGNE à pied.

(C'est vrai - mais j'étais content d'avoir des crêpes quand même. Miammmmmmm !)

> Mais Tom pourrait très bien avoir à gravir une montagne pendant sa classe de découverte,

a objecté papa.

Ça m'a un peu inquiété, parce que je ne me souviens pas d'avoir vu quoi que ce soit à propos de gravir des montagnes sur la liste des activités...

* alpinisme
* gravir des montagnes

(J'ai décidé de manger TROIS crêpes, au

cas où.) Après le petit déjeuner, maman m'a demandé pour la

DIXIÈME fois si j'avais bien

tout, et j'ai répondu :

Oui, j'ai bien tout.

Même ta brosse à dents ?

À part ma brosse à dents.

(Je n'ai pas signalé que j'avais aussi oublié de me laver les dents.)

Pour la ONZIÈME fois, maman m'a demandé :

Tu as bien tout ?

Et j'ai répondu : OUI... je crois.

Puis papa a porté mon sac dans la voiture

pendant que je disais AU REVOIR à Délia.

– T'es ENCORE là ?
s'est-elle exclamée.

– Je m'en vais, maintenant.

Pas trop tôt,

a grogné Délia.

Et elle est restée devant la porte pour nous regarder partir.

Quand je suis monté dans la voiture, maman m'a dit :

– Tu vas nous manquer, Tom. Même Délia va te regretter !

Mais, en regardant ma sœur lever le POING en l'air et faire mine de fêter mon départ, je n'en étais PAS convaincu. ➡ Yes !

Quand on est arrivés à l'école, tout le monde était déjà dans le car, et on n'attendait plus que moi.

Dépêche-toi, Tom. Tu es un peu en retard,

m'a dit M. Fullerman.

En fait, ce n'était pas plus **MAL** d'être en retard, parce que, du coup, les **P**arents ont dû me dire au revoir vite fait, sans trop d'histoires ni de bisous.

(Ouf !)

SALUT !

Tou**s** les élèves de ma classe avaient les yeux **FIXÉS** sur moi, y compris Marcus Meldrou. Je ne sais pas pourquoi, mais il me regardait EN LOUCHANT (encore).

Derek a réussi à me garder une place derrière Balèze et Norman, qui était tellement excité qu'il avait du mal à tenir en place.

Et puis le car a démarré, et tous les parents, les amis, les familles et même les animaux nous ont fait au revoir.

Tous les élèves ont poussé un CRI DE JOIE et ont agité le bras eux aussi. (Sauf Julia Morton, qui avait déjà mal au cœur.)

La classe de découverte avait commencé !

HOURRA !

137

Derek et moi, on a tout de suite sorti ce qu'on avait apporté à manger. C'était un choix **excellent.**

    – Ce festin va nous durer une ÉTERNITÉ, a commenté Derek.

Avant

Après

(Pas vraiment.)

La plupart des filles,  dont **AMY PORTER**, s'étaient regroupées à l'arrière du car et chantaient

À PLEINE VOIX.

En temps normal, **M.** Fullerman se serait fâché et aurait dit :

Assez chanté, les filles ! ou **Moins fort !**

Mais comme c'était censé être un « **VOYAGE AMUSANT** », il les a laissées faire (en tout cas pendant un moment).

 Derek a proposé de jouer à « **QUI SUIS-JE ?** ». C'était une très bonne idée, vu qu'il avait apporté des **Post it** et tout ce qu'il fallait.

Il a écrit vite fait quelque chose sur un Post-it et me l'a collé sur le front. ↘

Balèze **RIGOLAIT** déjà.

– C'est bien trouvé, a-t-il commenté.

Après ça, j'ai eu encore PLUS DE MAL à choisir ce que pourrait bien être Derek. J'ai cru avoir une idée **MARRANTE** – mais Derek a trouvé carrément tout de suite !

Alors que, moi, il m'a fallu des siècles pour deviner ce que j'étais...

Est-ce que je suis vivant ?   Oui.

Est-ce que je suis un chanteur ?   Non.

Est-ce que j'ai des jambes ?   Oui.

Est-ce que je suis célèbre ?   Non.

Est-ce que je suis Coq ?   Non.

Est-ce que je suis un animal ?   Un genre.

(Ça a continué comme ça pendant une éternité...)

J'ai fini par demander :

 Est-ce que je suis un insecte ?

Et Derek a répondu :

 Oui, en gros, c'est ça.

Je n'aurais jamais pensé à un truc pareil. C'était vraiment une très bonne idée. Hiiiii !

Après notre partie de « Qui suis-je ? », il était temps de prendre un PETIT EN-CAS. J'ai fouillé dans mon sac pour sortir (encore) ma boîte à goûter. Mais je n'arrêtais pas de tomber sur les petits mots que maman avait *glissés* dans mon sac.

> Tu me manques, Tom
> xx

> Lave-toi les dents
> Maman xx

Maman !

- Ma mère adore m'écrire des mots, j'ai expliqué à Derek.
- C'est elle qui t'a écrit ça ? a-t-il demandé.

    - Je crois que celui-ci est de Délia.

    (Typique.)

TOM, TU AS DES DENTS POURRIES

HA! HA!

Comme j'avais déjà mangé presque tout mon goûter, il ne me restait plus que les biscuits à la banane de mamie Mavis et les bananes un peu vertes.

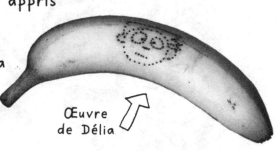

Norman a dit qu'il en prendrait bien une si je n'en voulais pas.

— Sers-toi, j'ai répliqué avant de m'apercevoir que DÉLIA avait fait des petits dessins dessus. (C'est moi qui lui ai appris à dessiner sur les bananes. Mais ça n'a pas eu l'air de déranger Norman.)

Œuvre de Délia

Ça m'a semblé le bon moment pour commencer à remplir mon carnet de voyage. Mais ce n'est pas facile de dessiner dans un car qui bouge.

Mes monstres étaient un peu tremblés....

Le voyage en car est passé ⸺ très VITE, et on n'en est pas revenus quand M. Fullerman a annoncé :

On y est. Assurez-vous de ne rien oublier dans le car.

On s'est arrêtés au centre d'animation, et tout le monde s'est mis à parler et à s'agiter (sauf Marcus, qui dormait et bavait un peu).

Mark Clump allait le réveiller, mais Norman l'a fait à sa place.

Bouh !

On est descendus du car, et l'équipe du centre d'animation nous a accueillis avec enthousiasme avant de nous montrer le chemin de la grande salle.

On a pris nos sacs et on a attendu de savoir comment on se répartirait dans les BUNGALOWS.

Il y avait un autre car déjà garé à côté du nôtre, mais on n'y a pas fait très attention, vu qu'on était trop occupés à tout regarder.

C'est maintenant qu'on commence à s'AMUSER !

j'ai dit à Derek.

((OU peut-être PAS ?))

Les moniteurs nous ont remis des formulaires de BONNE TENUE DES BUNGALOWS (qui ne m'ont pas paru très amusants).

Centre d'animation

FORMULAIRE DE TENUE DES BUNGALOWS

	Ordre	Vérifié	Points
JOUR 1			
JOUR 2			
JOUR 3			
JOUR 4			

DES RÉCOMPENSES POUR LES MEILLEURS SCORES !

Je suis très fort pour certains trucs, mais l'ordre n'en fait pas partie.
On nous a aussi donné des PLANS du centre. J'ai collé le mien ici pour ne pas avoir à expliquer tout le temps où sont les choses, ce qui est très pratique.

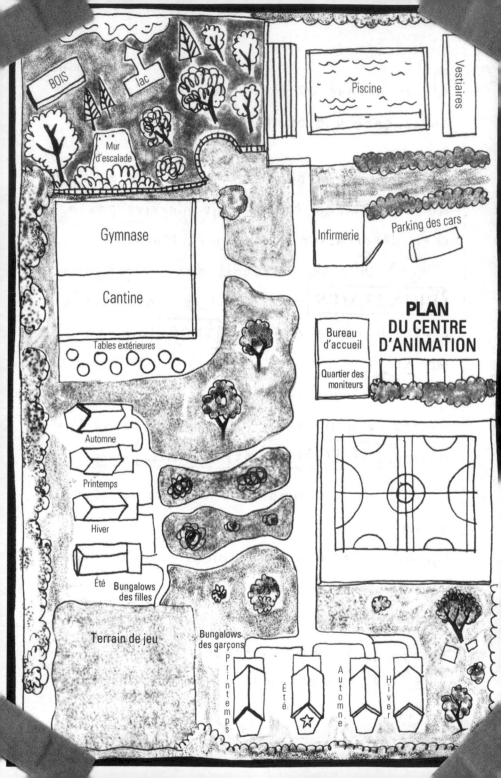

J'ai marqué où était mon bungalow en traçant une étoile sur le plan.

J'étais dans le BUNGALOW ÉTÉ, avec Brad, Norman, Balèze, Marcus (je n'arrive pas à m'en débarrasser !), Leroy et Mark.

Derek, lui, était dans le bungalow PRINTEMPS – celui qui se trouvait tout contre le nôtre, donc pas trop loin quand même.

On voit sur le plan qu'il y avait deux autres bungalows qui s'appelaient (vous l'avez deviné) AUTOMNE et HIVER.

Tous les bungalows avaient un plancher en bois et des chouettes lits superposés (génial !). Les placards étaient séparés en deux, une moitié pour chaque lit, avec un miroir et quelques tiroirs où fourrer ses affaires. On pouvait ranger nos sacs sur des étagères, à côté de la porte.

(150)

Mais le seul qui pouvait atteindre l'étagère du haut était Balèze (ce qui était bien pratique).

J' allais justement faire équipe avec lui, et il avait très envie de prendre la →**COUCHETTE DU HAUT.**

Mais il a eu du mal à grimper, et il a changé d'avis.

C'est trop dur pour moi.

m'a-t-il avoué. Brad Galloway et Norman s'étaient déjà mis à courir dans tout le bungalow et à sauter sur les lits.

M. Fullerman est arrivé et a montré sa chambre en prenant un air **SÉVÈRE.**

Il n'est pas question que vous me dérangiez sans cesse en faisant le cirque, alors vous feriez mieux d'être SAGES, les garçons !

Ils ont répondu :

– Oui, monsieur.

(Mais je ne les ai pas trouvés très convaincants.)

Je n'ai pas mis longtemps à ranger mes affaires. C'est **DINGUE**, tout ce qu'on peut **fourrer** dans un placard d'une seule main.

Balèze m'a rappelé qu'on devait se mettre en tenue de sport pour cet après-midi. Cela signifiait **TOUT** ressortir. Et voilà ce que j'ai trouvé : **ENCORE** DES MOTS de ma mère (grrr).

Elle avait mis celui-là dans ma basket.

« Je t'M, Tom »

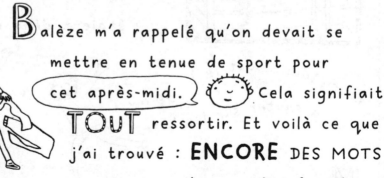

Tu me manques

Je n'arrivais pas à trouver mon T-shirt. Mais je savais qu'il était là, quelque part. J'ai été distrait par Norman (qui était encore un peu excité par tous les trucs sucrés qu'il avait mangés dans le car) quand il a décidé de ROUUUULER d'une seule traite sous tous les lits en criant...

SALUUUUT

C'était vraiment marrant, jusqu'au moment où il a roulé contre les pieds de M. Fullerman.

Écarte-toi de mes pieds, Norman, et remets-toi debout.

M. Fullerman avait déjà signalé à tout le monde :

– Vous n'êtes au centre d'animation que pour TROIS JOURS, alors le lit que vous prenez n'a pas BEAUCOUP d'importance. (Ça en avait pour Marcus.)

I, BOUDAIT à cause du lit qu'on

lui avait donné.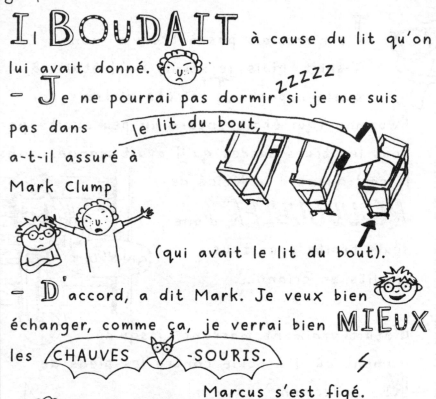

- Je ne pourrai pas dormir ZZZZZ si je ne suis

pas dans le lit du bout,

a-t-il assuré à

Mark Clump

(qui avait le lit du bout).

- D'accord, a dit Mark. Je veux bien

échanger, comme ça, je verrai bien MIEUX

les CHAUVES-SOURIS.

Marcus s'est figé.

Quelles CHAUVES-SOURIS ?

- Celles qui sont dans les bois, là-bas,

a répondu Mark. Elles aiment bien les vieux arbres,

et il arrive qu'elles dorment dans de vieilles

granges... OU même dans ce genre de bungalows.

Leroy Lewis a demandé si les chauves-

souris MORDAIENT.

N'a qu'un pied

– **C'**est pas des chauves-souris VAMPIRES !
l'a rassuré Mark.

    Cette histoire de CHAUVES-SOURIS avait
rendu Marcus un peu .

    – Qu'est-ce que tu entends
par **CHAUVES-SOURIS VAMPIRES** ?

    – **NON**, j'ai dit que ce n'était pas
des **VAMPIRES**, mais juste des chauves-souris
normales. Elles s'accrochent dans les coins
des maisons ou dans
des fissures du plafond.

Mark Clump a expliqué à Marcus qu'il ne
fallait pas avoir peur des chauves-souris, et
Marcus a répliqué :

    – Je n'ai pas peur des CHAUVES-
SOURIS – je n'ai peur de rien du tout.

        (Si tu le dis, Marcus.)

155

E t puis Marcus est allé demander à
M. Fullerman s'il pouvait ENCORE changer
de lit !

— Je n'arrive pas à dormir dans les
coins. J'ai **vraiment** besoin de prendre un
lit du milieu et d'être en **HAUT**.
(C'était justement la place que j'occupais.)

M. Fullerman a poussé un soupir et lui a répondu :
**— On va finir par être en retard pour le déjeuner. Si ça ne
dérange pas Tom de bouger, je suis d'accord.**

J' avais très faim et je voulais juste
MANGER, alors j'ai dit :

— C'est **BON,** je changerai de place.
Et j'ai dit à Marcus que je déménagerais <u>toutes</u>
mes affaires plus tard.

Avant d'aller déjeuner, j'ai ramassé vite
fait mon sweatshirt par terre et j'ai suivi
M. Fullerman dehors.

— Grrrr

En allant au réfectoire, M. Fullerman nous a annoncé qu'on allait partager le centre avec...

L'ÉCOLE DU GRAND MANOIR.

Ça nous a tous fait grogner. Cette école est SUPER bonne pour tout. (L'école des Chênes contre L'ÉCOLE DU GRAND MANOIR = VICTOIRE de L'ÉCOLE DU GRAND MANOIR dans toutes les disciplines.) Leurs élèves pouvaient DÉJÀ se vanter :

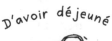
D'être arrivés tôt et de s'être changés

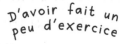
D'avoir fait un peu d'exercice

D'avoir déjeuné

Contrairement à nous, les Chênes, qui étions arrivés tout juste pour déjeuner.

Mon rangement

Je faisais la queue à la cantine et choisissais ce que j'allais manger (des pâtes ou du poulet – les deux ?)

Ha !
Ha !
Ha !

quand j'ai entendu des RIRES derrière

Ha ! Ha !

moi. Derek était déjà à table, alors j'ai choisi les pâtes et je suis allé m'asseoir à côté de lui. Il y avait plein d'élèves qui se mettaient à rire, et je me suis demandé ce qu'il y avait de si DRÔLE.

Derek et moi, on a comparé ce qu'on avait pris. (La même chose.)

Ensuite, on a pris le chemin des bungalows.

– Est-ce qu'il y a des CHAUVES-SOURIS, dans le tien ? j'ai questionné.

– Pas que je sache, m'a informé Derek.

AMY PORTER et Florence Mitchell m'ont dépassé et ont commencé à RIRE à leur tour.

Quand Marcus s'y est mis lui aussi, j'en ai eu ASSEZ, et je lui ai demandé :

- Qu'est-ce qu'il y a de si drôle, Marcus ?

- C'EST TOI, TOM !

Alors Derek a vu que j'avais quelque chose de COLLÉ dans le dos, et il me l'a retiré.

- Ça doit être à cause de ça que tout le monde rigole...

C'était ENCORE un mot de ma mère.

MON
adorable TOM,
Tu me manques
TOUT PLEIN.

Des tas de bisous
de ta maman

Beurk

Nooooooon !

(Je croise les doigts pour qu'il n'y ait
PLUS de mots de ma mère n'importe où !)

Après le déjeuner, JOE, le moniteur, est venu nous chercher. Il a lancé :

Vous êtes PRÊTS à commencer ?

Et on a tous crié :  « **OUI!** »

Ensuite, il a dit :

– Levez la main si vous aimez construire et fabriquer des choses.

J'ADORE fabriquer des choses, alors je me suis senti tout excité et j'ai HURLÉ

**– OUI, MOI !
J'adore !**

un tout petit peu trop fort.

– Du calme, Tom, m'a ordonné

M. Fullerman.

(D'habitude, c'est Norman qui s'excite.)

161

erek s'est retrouvé dans le même groupe que moi, et j'étais ENCORE PLUS excité. (Il y avait aussi Balèze, Norman, Indrani, Marcus et Julia – qui se sentait beaucoup mieux, maintenant.)

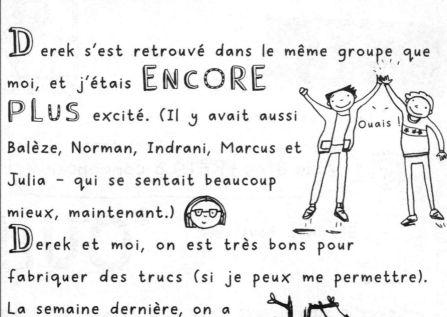

Ouais !

Derek et moi, on est très bons pour fabriquer des trucs (si je peux me permettre). La semaine dernière, on a fait une SUPER cabane dans le jardin. Elle était vraiment TRÈS bien pour se cacher quand :

Entrée INTERDITE

Biscuits

1. Maman voulait que je range ma chambre.

2. Délia cherchait son dernier **ROCK HEBDO**.

3. Papa voulait savoir où étaient passés ses biscuits.

J oe et les autres moniteurs nous ont désigné du MATÉRIEL disposé sur l'herbe.

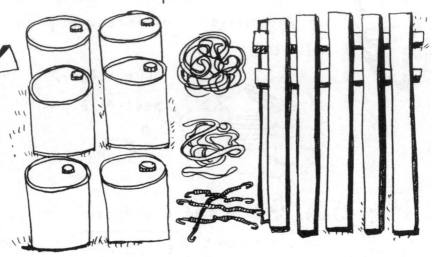

— Quelqu'un peut-il deviner ce que vous allez fabriquer aujourd'hui ?

Brad Galloway a trouvé drôle de chuchoter des gâteaux ? et M. Fullerman l'a FOUDROYÉ du regard. (Ça m'a fait rire.) Mark Clump a suggéré qu'on fasse un VAISSEAU SPATIAL !

(Je voyais bien ce que ça pouvait donner.)

– Une maison ? a lancé quelqu'un d'autre.

(Peut-être, peut-être pas.)

P uis **AMY PORTER** a proposé :

UN RADEAU ?

Ce qui était la bonne ✓ réponse.

– BRAVO, a dit Joe à **AMY** avant d'expliquer ce qu'il attendait de nous.

1. Réfléchir au radeau que nous voulons obtenir.

2. Déterminer comment fabriquer ce radeau.

3. Construire le radeau avec le matériel fourni.

$\mathbb{J}$oe a ajouté qu'il était
– Très important de travailler en équipe.

$(\mathbb{C}$'était plus facile à dire qu'à faire avec $\mathbb{M}$arcus dans notre équipe.)

Grrrr

Je sais ce qu'on devrait faire.

$\mathbb{M}$arcus n'arrêtait pas de proposer **N'IMPORTE QUOI** pour fabriquer le radeau.

On n'a qu'à attacher ça à un arbre.

Pourquoi ?

$\mathbb{C}$a nous a pris un moment, mais enfin, avec l'aide de Jenny, la monitrice, on a réussi (enfin, presque) à terminer le radeau.

départ

M. Fullerman et les moniteurs nous ont

félicités d'avoir

terminé notre première activité !

← Course d'escargots

Joe le mono a précisé :

– On verra quel radeau va l'emporter dans la course de radeaux de demain !

UNE COURSE DE RADEAUX –
QUELLE COURSE DE RADEAUX ?

– J'avais oublié ça, a commenté Balèze.

Il n'était pas le seul.

C'est une chose de construire un radeau, mais c'en est une autre de faire une course avec !

– J'espère que ce sera une petite course, a déclaré Derek. Parce que je ne suis pas sûr que notre radeau puisse tenir le coup.

Il n'avait pas tort.

arrivée

PREMIÈRE NUIT AU BUNGALOW

Norman, Leroy et Balèze ont imaginé de faire un 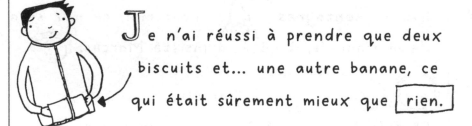 de minuit, ce qui était une super idée.

Mais j'avais déjà mangé presque toutes mes provisions pendant le voyage (à part les bananes tatouées).

Alors, pendant le dîner, j'ai essayé de PLANQUER des trucs à manger sous mon sweatshirt.

Je n'ai réussi à prendre que deux biscuits et... une autre banane, ce qui était sûrement mieux que | rien. |

En revenant au bungalow, on a discuté avec des élèves de L'ÉCOLE DU GRAND MANOIR, qui avaient l'air assez sympas.

Gâteaux tentants.

Ils nous ont parlé du **mur d'escalade**, qui était particulièrement **HAUT**.

— Franchement, ce mur ne me paraît pas haut du tout ! a objecté **M**arcus **M**eldrou. **M**ême Balèze (qui est vraiment très **GRAND**) trouvait que ça faisait un peu peur.

— J'en ai escaladé de bien plus hauts, s'est vanté Marcus.

— Quand est-ce que c'était, Marcus ? a demandé Derek.

— Pendant les vacances, et c'était de très hautes montagnes. Pour moi, ce mur sera de la rigolade, à côté, a insisté Marcus.

On verra, j'ai dit.

Et puis j'ai rappelé à Marcus que toutes mes affaires étaient encore dans son placard. J'ai ajouté :

Il faut vraiment que je les récupère.

168

Plonk

Marcus s'est contenté de tout sortir et de tout jeter en tas sur mon lit.

Ça ne m'aurait pas dérangé si un nouveau mot de ma mère n'était pas tombé d'une de mes chaussettes !

J'ai réussi à **l'attraper** avant que Marcus le lise **tout haut** devant les autres.

OUF !

(Ma mère parlait carrément de mon ours, dans ce mot, et ça aurait été encore **PLUS** la honte.)

Brad Galloway a proposé qu'en plus du festin de minuit * ☾ * on fasse des **FARCES** à certains élèves.

169

Quel genre de FARCES ?

a voulu savoir Mark Clump.

Cacher des choses dans le lit d'un élève, ce genre de trucs.

 - Quoi ? Comme un lit en porte-monnaie ? est intervenu Norman.

- On dit un lit en portefeuille, j'ai corrigé.

- OUAIS ! On devrait en faire un.
Le seul problème, c'est qu'aucun de nous ne savait comment faire un lit en portefeuille.

M. Fullerman est entré dans le bungalow et a cru qu'on faisait soigneusement nos lits.

– C'est très bien, les enfants, nous a-t-il dit avant de nous mettre le premier point sur la feuille de tenue des bungalows.

Centre d'animation
FORMULAIRE DE TENUE DES BUNGAL

	Ordre	Vérifié	Point
JOUR 1			
JOUR 2			
JOUR 3			
JOUR 4			

DES RÉCOMPENSES POUR LES MEILLEURS

Mark Clump a eu <u>encore</u> une idée.

– Eh, j'ai une autre idée !
Et il est allé chercher une pomme de pin dehors.

– Ça vous fait penser à quoi ? a-t-il questionné.

– C'est une pomme de pin, débile, a grogné Marcus.

– Un sapin de Noël miniature.
Ça n'était pas faux – on aurait vraiment dit un sapin de Noël miniature –, mais ce n'était pas à ça que pensait Mark.

– Non... On dirait...

... une **SOURIS.** (Vraiment ?)

     — Je vais vous montrer, a ajouté Mark.

Il suffit d'attacher une ficelle à la queue de

la pomme de pin et de

la tirer par terre.

Leroy avait gardé de la ficelle

de la construction du radeau.

     Il l'a donnée à Mark pour qu'il puisse

nous montrer.

— Voilà, qu'est-ce que je vous disais ?

(La pomme de pin ne ressemblait toujours pas

à une souris.) On a

plissé les yeux, et ça

a aidé un peu.

Puis Mark a glissé la pomme de pin sous sa

couverture et a tiré doucement la ficelle.

     Là, on a TOUS compris.

Norman et Balèze ont fabriqué un **S**erpent en chaussettes.

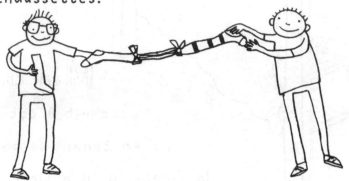

Et puis un groupe d'élèves de L'ÉCOLE DU GRAND MANOIR est passé pile à côté de notre bungalow.

– HÉ ! a appelé Brad, il y a une souris ou je ne sais pas quelle BÊTE dans notre chambre ! Venez vite !

Ils se sont approchés de la porte pour jeter un coup d'œil.
– Où elle est, votre bête ? a demandé un élève.
On a tous désigné le lit, où la fausse souris s'est mise à bouger.

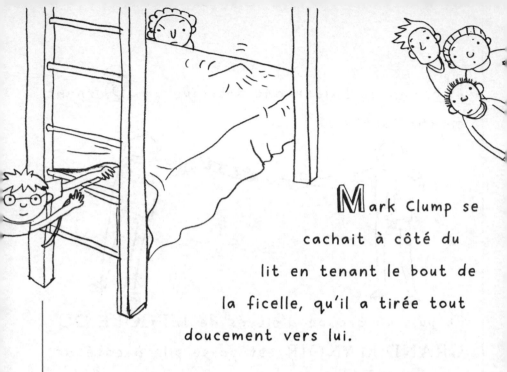

Mark Clump se cachait à côté du lit en tenant le bout de la ficelle, qu'il a tirée tout doucement vers lui.

– Qu'est-ce que c'est que ÇA ? a demandé un des garçons.

– Je ne sais pas trop, mais... mieux vaut se **méfier**, a répondu un autre.

(On essayait tous de ne pas RIRE.) Et puis un petit a dit :

– Je sais ce qu'il faut faire avec ce genre de bestiole.

Il a retiré lentement sa chaussure et en a donné un grand coup sur la bosse...

PAF !

Et puis un autre, *PAF !* Jusqu'à ce que la bosse arrête de bouger.

– **V**oilà, c'est réglé, a-t-il dit. Cette bestiole ne vous embêtera plus.

On était tous **PÉTRIFIÉS**. Mais, alors, les élèves du GRAND MANOIR ont éclaté de **RIRE** en quittant le bungalow.

 Ha! Ha! Ha!

Ils avaient sûrement compris depuis le début que ce n'était pas une vraie souris. (Ils le savaient effectivement.)

– Je crois bien que c'est nous qui nous sommes fait avoir, a commenté Balèze.

(C'est bien ça.)

Pomme de pin écrasée

Festin de minuit et autres farces

Pendant que les monos répétaient à tout le monde de se **préparer à aller se coucher**, je cherchais mon pyjama partout. J'avais bien l'impression de l'avoir oublié.

Heureusement, Balèze est venu à mon secours en me prêtant un T-shirt de rechange **GIGANTESQUE**, qui m'arrivait aux genoux. Mais, au moins, j'avais quelque chose à me mettre sur le dos, même si ça ressemblait à une chemise de nuit.

Merci, Balèze.

Ouf.

Pour notre première nuit dans le bungalow, M. Fullerman nous a déclaré :

– Nous avons une journée CHARGÉE qui nous attend demain, alors vous avez tous besoin d'une bonne nuit de sommeil.

(Norman n'avait pas du tout l'air fatigué.)

– Extinction des feux, a ajouté **M.** Fullerman. **Dormez bien, faites de beaux rêves et rappelez-vous que les petites bêtes ne mangent pas les grosses !**

– Quelles petites **bêtes,** m'sieur ? a voulu savoir Norman.

Le maître a assuré que c'était juste une formule :

– En fait, c'était pour rire. Il n'y a pas du tout de petites bêtes. Puis il a fermé la porte et éteint la lumière.

Mark Clump a attendu que M. Fullerman soit sorti avant de nous dire :

– C'est pas vrai, il y a PLEIN de petites bêtes, par ici.

Norman a demandé :

– Dans le bungalow ?

Et Mark a répondu :

– Oui, il y a des araignées et ce genre de truc partout.

Personne n'avait envie d'entendre ça avant de s'endormir.
M. Fullerman a passé la tête par la porte pour nous le rappeler.

On a tous dit « oui, monsieur » mais, deux minutes plus tard, tout le monde s'est remis à discuter.

– Oh, et pas de festin de minuit ni de ronflements intempestifs non plus, merci, a ajouté M. Fullerman.

Norman a chuchoté :

– Est-ce qu'il est minuit ?

Ce qui nous a bien fait rire.

Ha! Ha! Ha! Ha!

Balèze a essayé de se lever sans bruit, mais le plancher s'est mis à **GRINCER** FURIEUSEMENT sous son poids.

Pardon, a-t-il murmuré.

Je lui ai suggéré de rester sur son lit.

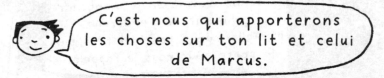

C'est nous qui apporterons les choses sur ton lit et celui de Marcus.

De cette façon, Balèze ne risquait pas de réveiller M. Fullerman. Alors, un par un, on est allés chercher nos PROVISIONS pour le festin de minuit.

(Qui ne se passait PAS à minuit...

... et n'avait pas grand-chose d'un **festin** non plus.)

biscuits

CHIPS

Petits pains

BONBONS

CHIPS

CHOCO

Choco grenouille

Mais mamie Mavis aurait été fière de ma préparation. Avec quatre biscuits et une banane, j'ai fait des sandwichs biscuits-banane et j'en ai donné un à Balèze. (Ils étaient un peu ramollis, mais bons quand même.) **N**orman avait un paquet de chips. Il les a mangées en braquant une lampe électrique sous son menton pour nous faire peur avec ses grimaces. Marcus Meldrou a signalé qu'il ne pouvait pas partager ses bonbons parce qu'il ne lui en restait que quatre. Mais je l'ai entendu en déballer **BEAUCOUP** plus que quatre dans le noir.

Planque à bonbons

À un moment, Brad Galloway s'est souvenu qu'il lui restait encore un grand paquet de **POP-CORN**.

On peut partager, a-t-il proposé, ce qui était vraiment sympa de sa part.

Norman a braqué sa lampe torche par terre pour que Brad puisse aller chercher le pop-corn.

On entendait encore M. Fullerman remuer dans sa chambre.

Immobile

Fi

— CHUUUUUT, a fait Leroy pendant que Brad se figeait comme une statue au cas où M. Fullerman entrerait. Brad a attendu que le danger soit passé. Ça a pris du temps. Puis il est revenu tout doucement et a fait tout ce qu'il a pu pour ouvrir le paquet de pop-corn.

— Je n'y arrive pas ! a-t-il chuchoté.

Humpf

POP-CORN

CRAC

Alors c'est Balèze 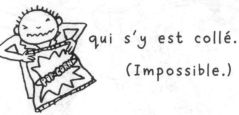 qui s'y est collé. HUUUUUMMPF (Impossible.)

Norman et Leroy ont essayé ensemble d'ouvrir le paquet. Mais ça n'a pas marché non plus, et j'ai tenté ma chance.

Ça ne voulait toujours pas s'ouvrir. Alors Marcus m'a PRIS le paquet des mains.
– Donne-moi ça. Vous êtes tous nuls. Je vais l'ouvrir.

Et Marcus s'est tout simplement ASSIS sur le paquet de

POP-CORN.

POOUUFF

POP-CORN

Ça a FAIT PAF !

et on a eu UNE EXPLOSION DE POP-CORN !

M. Fullerman s'est précipité dans notre chambre et a allumé la lumière.

– QU'EST-CE QUI SE PASSE, ICI ? a-t-il demandé. (Il n'a pas mis longtemps à comprendre.)

On a dû ramasser tout le pop-corn qu'on a pu avant de retourner au lit et de promettre de ne plus faire de festin, ni de goûter, ni de cirque.

– C'est bien clair, les garçons ?

– Oui, monsieur.

Il a refermé la porte, et on est restés tranquilles un tout petit peu plus longtemps que la fois précédente.

Jusqu'à ce que Mark Clump déclare avoir entendu  une CHAUVE-SOURIS.

- Où ça ? j'ai chuchoté.
- Dehors, en train de voler, a répondu Mark.

- C'est pas une **CHAUVE-SOURIS VAMPIRE** ? a questionné Leroy.

On s'est tous relevés pour regarder par la fenêtre. Je n'ai pas vu de chauve-souris, mais on a entendu M. Fullerman s'approcher de la porte. Alors on a SAUTÉ dans nos lits aussi vite que possible.

Et puis Brad Galloway a murmuré :

- Il y a un SERPENT dans mon lit !

On lui a tous fait :
- CHUUUUUUUT !

- C'est juste son serpent de chaussettes, a ajouté Norman.

Alors Brad a ENVOYÉ le serpent sur le lit de Norman, et Norman l'a balancé vers Leroy, qui a soufflé « **N**oooooon ! » et qui l'a jeté sur Norman. Norman a fait semblant de se battre avec, et puis Marcus l'a attrapé et me l'a lancé dessus. Norman m'a demandé de lui passer le serpent. Comme je n'étais pas sûr de pouvoir le lancer aussi loin, je lui ai donné un peu d'élan en le faisant tourner au-dessus de ma tête, comme une fronde... Et ensuite... j'ai lâché le serpent de chaussettes, qui a...

ussettes

FONCÉ dans les airs et atterri en plein sur

la tête de M. Fullerman, pile au moment où
il allumait la lumière.

**– C'est la DERNIÈRE fois que je vous le dis, à moins
que vous n'ayez envie de passer la journée de
demain à faire du travail écrit.**

– Pardon, m'sieur. (On n'en avait pas envie.)

Bonjour !

Belle journée

Je croyais que M. Fullerman serait de très MAUVAISE HUMEUR après notre (genre de) festin de minuit et l'épisode du serpent de chaussettes. Mais, curieusement, il était tout JOYEUX et super **BIEN RÉVEILLÉ.** PAS comme moi.

En fait, quand tout le monde a fini par s'endormir, JE me suis rendu compte que BRAD GALLOWAY **parlait** en dormant. Les yeux fermés, il a tenu TOUTE une conversation où il était question de chiens qu'il voulait emmener en promenade. J'ai essayé de le réveiller mais rien à faire. Il s'est contenté de répondre :

Réveille-toi, Brad.

Ça, c'est un bon toutou, prêt pour sa PROMENADE.

Il a continué à parler toute la nuit comme ça, et il ne se souvenait de rien le lendemain matin.

Pansement soleil

J'espérais que Brad n'allait pas faire ça toutes les nuits, ou il allait falloir que je change encore de place.

À cause du BAVARDAGE de Brad, je me sentais encore un peu endormi au petit déjeuner.

Jenny, la monitrice, a hurlé :

– Bonjour, tout le monde !

Et ça m'a réveillé un peu. Elle a continué :

– J'espère que vous avez tous bien dormi et que vous êtes prêts à vous ÉCLATER !

(Pourquoi pas ?)

Elle a dit que les radeaux avaient été transportés au lac et que tout était paré pour la **COURSE**. (SUPER.)

– C'est parti !

C'est Joe le mono qui nous a montré le chemin. On l'a suivi à travers bois jusqu'au lac. Là, tous ceux qui devaient participer à la course ont été obligés de mettre un casque et un gilet de sauvetage. **M**arcus a insisté pour prendre place à l'arrière du radeau.

– Je pourrai diriger les opérations, a-t-il lancé.

– Si tu veux, Marcus, j'ai dit (comme si on avait le choix).

Joe a rappelé à tout le monde qu'il fallait faire très :

– Attention à pagayer aussi  droit que possible jusqu'à la ligne d'arrivée ! Vous pourrez y arriver ?

On a tous répondu OUI (même si ce n'était pas vrai).

En regardant notre radeau, je me suis demandé s'il irait jusque-là. L'ÉCOLE DU GRAND MANOIR participait aussi à la course, et leurs radeaux ne ressemblaient pas vraiment aux nôtres.

monitrice

$\mathbb{J}$ulia a suggéré qu'on rame tous en même temps 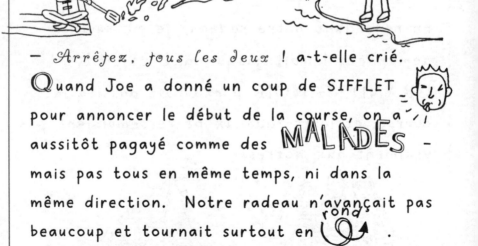 (ce qui était un bon plan). Mais Marcus était trop occupé à ÉCLABOUSSER Norman pour écouter.

Alors Norman l'a éclaboussé à son tour, seulement il a surtout arrosé Mme Cherington, qui essayait de prendre des photos pour le bulletin de l'école.

Arrêtez !

— *Arrêtez, tous les deux !* a-t-elle crié.

$\mathbb{Q}$uand Joe a donné un coup de SIFFLET pour annoncer le début de la course, on a aussitôt pagayé comme des MALADES - mais pas tous en même temps, ni dans la même direction. Notre radeau n'avançait pas beaucoup et tournait surtout en rond.

- IL FAUT RAMER TOUS ENSEMBLE, a répété Julia alors qu'on faisait un TROISIÈME tour complet.

Marcus s'est mis debout (ce qui était une erreur).

– Assieds-toi, Marcus, a ordonné Derek en voyant que le radeau se mettait à s'*S'AGITER*.

On a enfin commencé à avancer très lentement et loin derrière les autres radeaux. Les élèves nous ENCOURAGEAIENT au bord du lac, et ça nous motivait pour continuer. Mais c'était DUR de pagayer.

Au moment où on se rapprochait du mono qui tenait le pavillon d'arrivée, Marcus a réussi à SOULEVER un GROS bout d'algue avec sa pagaie. NORMAN se l'est pris sur les jambes et a tenté de s'en débarrasser en GIGOTANT. Le radeau a remué *dans tous les sens*.

– ARRÊTE de bouger, ça me donne mal au cœur ! a crié Julia.

Et puis Marcus s'est LEVÉ. Du coup, Norman a perdu l'équilibre et est tombé à l'eau...

... suivi par moi, Derek et, en dernier, Julia.

Marcus a fait comme s'il ne comprenait **PAS** ce qui s'était passé. On a tous réussi à l'éclabousser en tombant, il était donc mouillé aussi. C'est L'ÉCOLE DU GRAND MANOIR qui a gagné (ce qui n'était pas une surprise). **N**otre équipe est arrivée dernière, mais on s'en moquait parce qu'on s'était bien amusés dans l'eau (pas profonde du tout). Notre équipe est retournée se changer au bungalow. Mieux valait mettre des vêtements secs pour l'après-midi d'escalade qui nous attendait. J'espérais que ce serait aussi marrant que la course sur le lac.

Déjà que Marcus Meldrou était le seul à ne pas être tombé à l'eau, ça nous énervait encore plus de devoir l'écouter se vanter SANS ARRÊT :

– C'est TRÈS FACILE, l'escalade, et puis je suis très courageux, vous savez.

(Franchement, Marcus...) Ça a donc été une vraie surprise de voir que, dès qu'il a APERÇU le MUR, Marcus s'est soudain mis à avoir TRÈS mal au ventre. Et plus il regardait en haut, plus ça S'AGGRAVAIT.

Norman a annoncé qu'il avait trop hâte de l'escalader et qu'il voulait y aller en premier.

On n'en est PAS REVENUS de le voir grimper jusqu'en haut à toute VITESSE. Nous, on criait :

– Allez, Norman ! Allez, Norman ! Allez !

Et Marcus poussait des gémissements et se tenait encore plus le ventre. M. Fullerman a décidé que Marcus ne participerait pas à l'épreuve et irait à l'infirmerie à la place.

☺ (Ça a eu l'air de lui remonter le moral.) Quand mon tour est arrivé, j'ai grimpé un peu, lentement, mais j'ai réussi à atteindre le sommet (tout juste). Ensuite, la descente n'a pas été plus facile.

Ouille

POUM !

Tout le monde, sauf Marcus, a réussi à escalader ce très haut MUR.

J'aurais été BEAUCOUP plus compatissant avec lui si je ne l'avais pas surpris en train de **DÉVORER DES TONNES DE BONBONS** quand on est rentrés au bungalow. hein ?

Il a prétendu que les bonbons l'avaient guéri et qu'il pouvait escalader le mur, à présent (en sachant très bien que c'était trop tard). (Pas de problème)

– C'était BEAUCOUP plus dur que ça en avait l'air, de grimper jusqu'en haut, lui a dit Balèze.

Marcus a caché ses bonbons et a répliqué :

– Ça ne m'a pas paru si dur que ça.

– Qu'est-ce que TU en sais ? j'ai demandé.

– Ce n'est pas de ma faute si j'ai eu mal au ventre, a protesté Marcus. Je suis très fort à l'escalade, et très COURAGEUX.

(197)

- Tu n'es pas SI courageux que ça, j'ai dit (ce qui était <u>vrai</u>).

- Et toi non plus, a rétorqué Marcus.

- Comment tu sais ça ? j'ai insisté.

- Quelqu'un de COURAGEUX n'aurait pas besoin de son nounours pour dormir.

Hein ?

Marcus avait fouillé dans nos affaires.

- Je te remercie, Marcus, j'ai dit, un peu gêné.

Alors Brad a demandé :

- Qu'est-ce que ça peut faire, si on a un ours ?

En fait, je n'étais pas le seul à cacher une peluche.

- Moi, je ne peux pas dormir sans le mien, a déclaré Leroy.

Ça a CLOUÉ le bec à Marcus.

Mais, à la place de Norman, je n'aurais pas crié sur les toits que j'avais

UN DOUDOU.

– Alors, personne d'autre n'a de doudou ?

Non, juste toi, Norman.

(Et ça n'avait pas l'air très propre.)

 LE DÎNER ☺

Voilà à quoi ressemblait mon assiette ``vidé´´, ce soir, une fois que j'ai eu **ENGLOUTI** [tout] mon dîner, qui était carrément TOP ! Et j'ai même pu reprendre de la glace.

Minuscules miettes de frites

Marcus, lui, n'a pas pu finir, après tous les bonbons qu'il avait avalés. — Beurk

La monitrice , **J**enny, nous a annoncé qu'on allait encore avoir une petite surprise.

Et elle a donné à chacun un petit paquet ou une enveloppe à ouvrir.

J'ai eu deux lettres et des gaufrettes au caramel. Même si on n'était pas partis depuis longtemps, c'était sympa d'avoir une lettre et un petit CADEAU à déguster ! 🖼️

(Je suppose que les profs ont tout apporté avec eux – pour qu'on ait tous nos lettres en même temps.) Voici la mienne : ⬇️

Salut, Tom !

On espère que tu t'amuses comme un fou et que tu fais tout un tas de trucs super excitants au centre.

La maison est très calme sans toi.

Mais pendant que tu es parti, on en profite pour repeindre ta chambre (elle sera magnifique quand tu rentreras) et y mettre un peu d'ordre.

Ce ne sera pas du luxe.

Voici quelques gaufrettes pour le voyage du retour.

Ne les mange pas maintenant.

À très bientôt.

On t'aime.

Papa et maman

Et puis j'ai eu une vraie Surprise, vu
que l'autre lettre était de... Délia.

Tom,

Je voudrais pouvoir dire que tu me manques, mais ce serait un mensonge.

Pendant que tu es parti, papa va repeindre et redécorer ta chambre. Il n'arrivait pas à choisir la couleur, alors j'ai suggéré que ce serait chouette de faire un mélange de rayures et de pois de toutes les couleurs.

Quand tu rentreras, tu devras peut-être mettre des lunettes de soleil pour regarder tes murs.

Mamie Mavis prépare un gâteau pour fêter ton retour. J'espère que tu aimes le chou. Je lui ai dit que c'était ce que tu préférais, alors il y en aura dans le gâteau.

(Ha ! Ha !) Délia

Et puis j'ai remarqué qu'il y avait
un P.-S. derrière.

P.-S. : J'ai trouvé ton bulletin de participation au concours pour le T-shirt de RODEO 3. Tu as oublié de le poster, débilos.

P.P.-S. : Et en plus, ce n'était pas mal du tout.

J'Y CROIS PAS !

J'avais travaillé TELLEMENT dur pour ce dessin. Je ne comprends pas comment j'ai pu oublié de le poster.

J'avais l'air si démoralisé que Marcus m'a proposé un bonbon.

– Non, merci, j'ai dit.

(Je ne refuse pratiquement JAMAIS un bonbon.)

Tu veux un bonbon ? Oooooooooh !

Problème de Chouette

Le bungalow Été (c'est nous) a été NUL pour récolter des points pour la BONNE TENUE du dortoir. On oubliait tout le temps de faire nos lits et ce genre de choses. Derek m'a expliqué que dans son bungalow (Printemps) ils faisaient un méga-effort pour être ordonnés parce qu'il paraît qu'il y a une GROSSE RÉCOMPENSE pour le bungalow le mieux tenu à la fin du séjour.

Vraiment ?

Il dit que c'est Mme Somme qui s'en occupe, alors comment savoir ce que ce sera ? **PRIX**

Premier prix

Un boulier

En parlant de PRIX, j'ai montré la lettre de Délia à Derek. Il a lu la première partie et a déclaré :

(204)

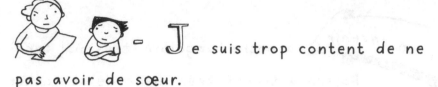 - Je suis trop content de ne pas avoir de sœur.

- Ce n'est pas le pire, lis l'autre page.

Derek a secoué la tête.

- Oh non ! Comment as-tu pu oublier de poster ton dessin pour le concours du T-shirt ?

- Comment savoir ? J'ai juste oublié, j'ai répondu.

Dessin de T-shirt enfoui

BAZAR

(Je crois que je sais ce qui a pu se passer.)

Derek était dégoûté pour moi. Lui aussi trouvait que j'aurais pu gagner.

- On ne sait jamais, il y aura peut-être un autre concours auquel tu pourras participer, a-t-il ajouté pour essayer de me remonter le moral.

 - Ouais, peut-être bien.

(Je faisais comme si ça allait, mais, à l'intérieur, voilà plutôt ce que je ressentais...)

ARGH !

Pour en revenir à notre bungalow (très mal tenu)...

Balèze a trouvé très drôle de se cacher dans le placard (où il devait être assez serré) et de *SAUTER* sur le premier qui ouvrirait la porte.

Qui s'est trouvé être... MOI.

SURPRISE !

Ça m'a fait un **CHOC,**

mais, au moins, ça m'a fait penser à autre chose que d'avoir OUBLIÉ de poster mon dessin pour le concours.

Norman a annoncé qu'il voudrait être une chauve-souris et dormir la tête en bas cette nuit.

– C'est très confortable, a-t-il assuré.

(J'avais de sérieux doutes.)
Mais Norman a changé
d'avis quand sa tête est
devenue toute **ROUGE**.

– Tu as la figure aussi rouge que M. Fana
quand il est en colère, je lui ai fait remarquer.
M. Fullerman est venu nous parler du feu de
camp qu'on aurait ce soir, et il nous a comptés
pour vérifier qu'on était tous dans le bungalow.

 Où est Balèze ?

On lui a montré le placard où il s'était encore
caché. M. Fullerman a ouvert la porte, et
Balèze lui a *SAUTÉ* dessus en criant :

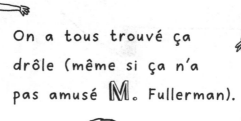

BOUH !

On a tous trouvé ça
drôle (même si ça n'a
pas amusé M. Fullerman).

(207)

11

J'écris ça à la lampe électrique parce que BRAD  s'est REMIS à PARLER dans son SOMMEIL et que je commence à en avoir ras-le-bol.

Il marmonne je ne sais pas quoi à propos de CHAMALLOWS...

J'ai l'impression qu'il revit la soirée feu de camp.

En tout cas, ça y ressemble.

On faisait une VEILLÉE, et la soirée avait bien commencé.

Voilà ce qui s'est passé :

Mmmmmm, miam, du chocolat chaud.

zzzzzzz

Nos moniteurs

ont allumé un superbe feu de camp, et on s'est assis autour. Puis ils nous ont donné du chocolat chaud et des chamallows grillés. Les profs étaient tous très contents de la classe de découverte jusque-là.

Ouf

Soulagement
C'est presque fini.

Ils ont dit que tout semblait très bien se passer. Il n'y avait pas eu d'accident (touchez du bois, monsieur Fullerman) ni personne de triste ni de malade (le mal de ventre de Marcus ne comptait pas).

On s'amusait vraiment bien (et il ne restait plus qu'une journée).

Mme Cherington a recommandé à tout le monde de ne pas s'approcher trop près du feu.

– On ne voudrait pas que la chaleur fasse **ROUSSIR** quoi que ce soit.

– Une moustache, par exemple, j'ai glissé à Derek, qui a failli cracher son chamallow.

On discutait et on rigolait quand, soudain, Mark Clump a montré le ciel en disant :

– REGARDEZ les chauves -souris qui volent, là-bas.

Certains élèves n'étaient pas très rassurés de savoir qu'il y avait des chauves-souris tout près. Joe le mono, a dit qu'on avait de la chance de les voir et nous a expliqué certains trucs.

Seulement, il les a appelées des

PIPISTRELLES

et il a pris une voix forte, comme un présentateur de télé.

Primo, les pipistrelles ne sont pas aveugles du tout. Elles voient très bien. Et ceux qui prétendent qu'elles s'accrochent dans les cheveux disent n'importe quoi - elles font tout pour vous éviter.

Secundo, une seule pipistrelle peut avaler plus de six cents insectes à l'heure - c'est comme si un humain mangeait vingt pizzas par jour !

Tertio, la pipistrelle ne suce pas le sang des animaux ni des gens. (Je ne suis pas un vampire !)

(C'est trop bien, il faudra que je raconte ça à papa.)

Et puis Alan, un autre mono, s'est raclé la gorge et nous a demandé si on avait envie d'entendre une chanson de feu de camp. (Pourquoi pas ?)

- Vous pouvez **tous** chanter aussi.

Alan a apporté sa guitare et s'est préparé à chanter.

Mais quand il a ouvert la bouche, on a
entendu...

OUH-OUUUUH
OUH-OUUUUUUH

 (Ce qui n'était pas vraiment ce qu'on
attendait.)

Julia Morton a hurlé :

– C'était QUOI ?

AMY a répondu que ça ressemblait au cri
d'une chouette

OUH-OUUUUH
OUH-OUUUUUUH

Voilà que ça a recommencé.

– On dirait bien qu'il y a une chouette hulotte dans les arbres, a déclaré Joe. Qui a envie de jeter un coup d'œil ?

Tout le monde en avait envie.

M. Fullerman était le plus excité de tous.

Il nous a chuchoté :

– Regardez comme elle est PROCHE.

(Elle était assez près.)

On s'est avancés aussi discrètement qu'on a pu. Joe nous a montré la chouette, qui était perchée sur un arbre et nous regardait.

– C'est INCROYABLE. Regardez ce plumage et ces yeux. Je ne crois pas avoir jamais vu des yeux de chouette aussi grands, pas vous ?

J'ai glissé à Derek :

- Tu penses ce que je pense ?

- Exactement.

Maître   Chouette

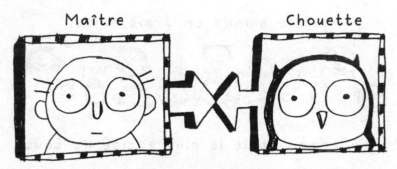

La journée avait été très longue — et l'observation de la chouette l'avait encore allongée.

Dans le bungalow, j'écoutais ENCORE Brad PARLER DANS SON SOMMEIL 😑 (Grrrrr) quand j'ai eu une idée pour le réveiller sans avoir à me lever.

Bla-
bla-
bla

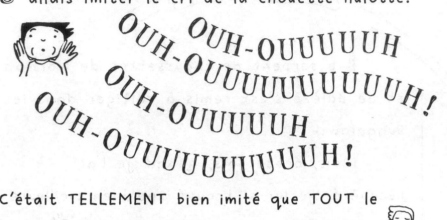

J'allais imiter le cri de la chouette hulotte.

OUH-OUUUUUH OUH-OUUUUUUUUUUH! OUH-OUUUUUH OUH-OUUUUUUUUUUH!

C'était TELLEMENT bien imité que TOUT le bungalow s'est réveillé... sauf Brad.

OUH OUUUUUUH OUH OUUH!

M. Fullerman s'est réveillé aussi, et a cru que la chouette était revenue. J'ai fait comme si le bruit venait de dehors.

— C'est encore cette CHOUETTE... elle m'a réveillé AUSSI ! j'ai dit à tout le monde.

M. Fullerman a annoncé qu'il allait sortir chasser la chouette.

suis
à !

— Et maintenant, que tout le monde se rendorme.

— Oui, m'sieur.

215

Le serpent de chaussettes de Norman
et de Balèze s'est remis à voltiger dans le
bungalow.

Mais, cette fois, quand je l'ai
récupéré, je lui ai trouvé une bien meilleure
utilisation, qui a réussi à réveiller 👁👁 Brad.

Et j'ai pu dormir un peu...

Réveille-toi
Brad !

quand même.

Le lendemain matin, la dernière personne à se réveiller a été Marcus. En le regardant *r o n f l e r* la bouche ouverte, j'ai eu ce que j'ai cru être une excellente idée.

J'ai pris mon ours et les peluches de Brad et de Leroy, et on les a installés confortablement à côté de lui...

Marcus est resté comme ça jusqu'à ce que Norman ajoute son DOUDOU. (Je crois que c'est l'odeur qui l'a réveillé.) Mais j'ai quand même eu le temps de prendre une bonne photo à coller dans mon carnet de voyage...

Aujourd'hui, c'était notre DERNIER jour d'activités.

(Derek a dit que ce serait **du kayak** - comme une sorte de canoë ?)

On devait rentrer chez nous cet après-midi, et je me sentais (un tout petit peu) triste. ☹

Remarquez que les moniteurs, eux, n'avaient pas l'air très abattus. Vu qu'ils étaient encore PLUS JOYEUX et ENTHOUSIASTES qu'avant, on aurait pu croire qu'ils étaient contents de nous voir partir.

YOUPI !

Ouais !

Vous êtes partis !

Avant qu'on ait le droit de faire du kayak sur le lac, les monos nous ont emmenés à la piscine pour nous montrer des points de sécurité très importants, et aussi pour en rassurer certains :

- Il n'y a ni requins ni **MONSTRES** dans le lac. Les élèves du GRAND MANOIR étaient déjà

là

et donnaient l'impression que
tout était super facile.

(Ça ne l'était pas.)

Dès qu'on s'est retrouvés dans la piscine
avec les kayaks, Marcus a prétendu que je
bloquais toujours le passage. Mais c'est lui qui
n'arrêtait pas d'aller dans tous les sens. Il m'a
fallu un bon moment pour apprendre à faire
tourner mon kayak et à pagayer droit.
– Bravo, Tom, c'était
CARRÉMENT GÉNIAL,
m'a encouragé Jenny,
la monitrice. Tu es prêt à aller sur le lac.
C'était super... et elle l'a dit juste devant
Marcus – qui paraissait très content pour moi.

Le lac était BEAUCOUP plus trouble
que dans mon souvenir, avec des canards, des
oiseaux, et des feuilles qui flottaient un peu
partout.

Marcus a dû attendre son tour et n'était visiblement pas très content. Je suis allé jusqu'à l'autre bout du lac et suis revenu du côté peu profond. Marcus me criait :

- DÉPÊCHE-TOI !

Alors j'ai décidé de recommencer.

J'ai fait pivoter mon kayak très soigneusement et j'allais repartir quand je suis resté coincé.

Plus je pagayais, moins j'avançais (ce qui était très embêtant). Ce n'est que quand j'ai entendu Joe ordonner à Marcus :

- LÂCHE LE KAYAK DE TOM !

que j'ai compris ce qu'il faisait !

COINCÉ

$\mathbb{D}$ès que Marcus m'a lâché, je SUIS PARTI comme

une FUSÉE...

Ça a surpris Marcus. Il a perdu l'équilibre... et il a atterri dans le lac, juste à côté des canards – qui ont paru encore plus TRAUMATISÉS que lui.

hein ?

Heureusement, Mme Cherington était là pour prendre QUELQUES PHOTOS qui paraîtront dans le bulletin de l'école.

Il va y en avoir de belles à choisir.

Après cette SUPER séance de kayak, Mme Somme nous a appris que les élèves de L'ÉCOLE DU GRAND MANOIR avaient remporté le PRIX DU BUNGALOW LE MIEUX TENU (ce n'était pas vraiment une surprise). Le vrai CHOC, ça a été de découvrir qu'ils avaient gagné une ÉNORME tablette de chocolat.

– Si j'avais su qu'on pouvait gagner ça, j'aurais au moins essayé de faire plus attention, j'ai dit à Balèze pendant qu'on retournait au bungalow pour faire nos bagages.

J'ai fait mon sac comme je l'avais vidé (à toute vitesse). Il était un peu plus lourd qu'à l'aller, à cause des serviettes et des T-shirts mouillés.

AFFAIRES

Norman a proposé qu'on s'assoie tous au fond du car, cette fois-ci.

– C'est plus marrant.

Alors on s'est précipités à l'arrière pour PRENDRE D'ASSAUT les sièges du fond.

Mme Somme et les animateurs étaient partis faire un DERNIER tour des bungalows avant notre départ.

Dans le car, tous les élèves ont fait :

– Une ovation
aux MONITEURS
et aux PROFS !

HIP-HIP-HIP, HOURRAH !

Et puis Mme Somme a montré certains trucs qu'elle avait trouvés.

– Qui a une brosse à dents en forme de chat ?

C'était à Julia.  "MOI !"

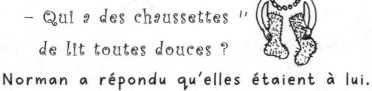

— Qui a des chaussettes
de lit toutes douces ?

"MOI !"

Norman a répondu qu'elles étaient à lui.

Alors Mme Somme a montré un T-shirt dégoûtant et un sweatshirt moche. (Personne ne les a réclamés.)

— Enfin et surtout... à qui appartient cet

adorable ours en peluche ?

— Oooohhhh ! ont fait certains.

Derek m'a donné un coup de coude en demandant :

— C'est le tien, non, Tom ?

(Oh, non... c'était le mien.)

— C'est à moi, j'ai bredouillé,

et j'ai levé très lentement le bras.

— Qui a parlé ?

– Moi, madame Somme...

– Est-ce que c'est TOM ?
  C'est ton nounours, TOM ?

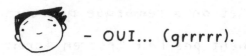 – OUI... (grrrrr).

Je ne croyais pas que ce serait possible d'avoir
encore plus la honte à cause de mon ours.
Et alors Mme Somme a
fait un truc affreux :
avec la patte de MON ours,

COUCOU !

elle a fait coucou à tout le monde en avançant
JUSQU'AU FOND du car, où on s'était assis.
(Ce n'était peut-être pas une si bonne idée
que ça de se mettre à l'arrière, en fin de
compte.) Merci, madame.

Au moins, j'ai pu me servir de mon
ours comme oreiller pendant tout
le voyage.

225

Sur la route du retour, quelqu'un a repéré le car de L'ÉCOLE DU GRAND MANOIR arrêté au bord de la route. On leur a fait signe en passant, et on a remarqué que certains élèves n'avaient pas l'air très en forme.

– Oh, mince ! s'est exclamé M. Fullerman, **on dirait qu'ils ont trop mangé de la tablette de chocolat géante qu'ils ont gagnée.**

Bungalow bien tenu + + = beurk.

J'ai glissé à Derek que, MOI, ça ne m'aurait sûrement pas rendu malade si c'était nous qui l'avions gagnée.

Plus on se rapprochait de chez nous, plus on commençait à s'exciter.

Je ne savais pas trop qui allait venir me chercher. Maman, papa ou les deux ? Sûrement PAS Délia en tout cas.

TIRE-TOI !

Le car devait passer d'abord devant l'école puis faire demi-tour pour se garer en face.

Ça nous a donné tout le temps de voir qui nous attendait. Derek a repéré Coq en premier, et ensuite son père. Moi, je ne voyais encore personne.

Quand on est descendus du car, Coq était très content de retrouver Derek. Ça se voyait.

J'ai dit à M. Fingle qu'il n'avait pas besoin de me ramener puisque mes parents allaient venir me chercher.

En partant, Derek a proposé :

- ON RÉPÈTE dimanche ?

C'était une bonne idée.

(Il faudra que j'écrive ça sur le CALENDRIER quand je serai à la maison.) Il n'y avait toujours aucun signe de mon père ou de ma mère. Un par un, tous les élèves, les parents et les amis sont partis, et je suis resté tout seul.

— Je vais appeler tes parents, a fait M. Fullerman. **Prends ton sac et viens attendre dans l'école. Je suis sûr qu'ils ont une bonne raison d'être en retard.** (J'espère bien.)

Mme Marmone était à l'accueil avec M. Fana. Le directeur a demandé si je m'étais bien amusé.

— Oui, monsieur. Tout était génial, jusqu'à maintenant.

M. Fullerman a réapparu et a annoncé qu'on allait venir me chercher

— Tout de suite. Ils seront là dans cinq minutes. Ils croyaient que tu rentrais demain.

(Super.)

Je suis rentré

J'ai dû attendre dans la SALLE DES PROFS (un peu gêné d'avoir mon ours dans les bras) qu'on vienne me chercher.

Je n'arrêtais pas de regarder par la fenêtre pour guetter la voiture de mes parents. J'ai donc eu une **GROSSE SURPRISE** en voyant soudain arriver...

LES FOSSILES.

Youpi ! Tom!

Bienvenue à la maison, Tom !

Ils arrivaient à TOUTE **VITESSE** sur leur scooter de seniors. (Enfin, ce n'était pas si rapide que ça, juste rapide pour eux.) Ils m'ont fait signe depuis la cour de l'école.

maison

J'ai prévenu **M.** Fullerman :

- Mes grands-parents sont là.

Il m'a emmené les retrouver en bas.

Papy m'a dit que papa et maman étaient partis faire des courses.

- D'après ta mère, QUELQU'UN a noté une fausse date sur le CALENDRIER. On pensait tous que tu allais rentrer demain, a expliqué mamie Mavis.

C'était gentil de la part des **FOSSILES** de venir me chercher. Mais ce n'était vraiment pas la peine d'apporter tous ces drapeaux.

(Je suis content qu'ils soient arrivés en retard et qu'il ne soit plus resté personne pour les voir.)

Ça m'a pris un petit moment pour rentrer en marchant à côté du scooter du troisième âge.

Mamie Mavis m'a rappelé que papa avait repeint et refait toute la déco de ma chambre pendant mon absence. J'avais complètement OUBLIÉ !

– C'est sûr que ça change, a ajouté papy, ce qui m'a un peu inquiété.

« Ça change », c'est toujours ce que je dis quand je ne trouve pas de compliment à faire.

Alors, dès que je suis rentré à la maison, je me suis précipité dans ma chambre pour voir ce que « ça change » signifiait vraiment.

À part la partie que Délia avait ajoutée...

Ma chambre était GÉNIALE,

et beaucoup mieux rangée. Elle était toute repeinte en blanc, et, sur un mur, papa avait accroché un gigantesque tableau noir exprès pour que je puisse dessiner dessus.

← Craies

C'est pas cool, ça ?

Les parents n'étaient pas encore rentrés, alors j'ai effacé le message de « bienvenue » de Délia et j'ai dessiné certains des moments que j'avais préférés pendant la classe de découverte, pour leur montrer quand ils seraient de retour.

Il y avait l'embarras du choix.

Va-t'en Tom

Ha! Ha!

C'était un super voyage, mais c'est chouette de rentrer !

FIN

Il me reste encore des pansements - ils sont super à coller au dos de mon carnet de voyage.

Trois jours, ça peut paraître très long quand on est LOIN (même si je sais que c'est court). C'est bon de refaire des choses que je n'ai pas pu faire pendant un moment, comme :

* Jouer avec Coq.

* Avoir la salle de bains pour moi tout seul. (Délia n'est pas beaucoup là, et c'est bien aussi.)

* Retrouver mon lit pour bien dormir, sans être réveillé par des CHAUVES-SOURIS ou

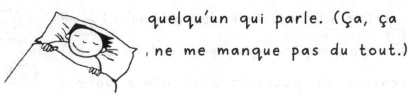

quelqu'un qui parle. (Ça, ça ne me manque pas du tout.)

Il s'est passé encore deux ou trois trucs pendant que j'étais parti.

Maman a enfin réussi à trouver QUAND les cousins allaient venir chez nous.

En fait, c'est CE week-end. (Elle a dû jeter un coup d'œil en douce sur le calendrier de tante Alice pour le savoir.)

Ah ! Ah

Je note tout dessus.

Et on a mis CETTE pancarte VENDUE sur la maison d'à côté, ce qui a rendu maman ENCORE plus CURIEUSE. Elle meurt d'envie de savoir qui va emménager là :

– J'espère qu'on va être bientôt fixés. (Et moi, j'espère que ce ne sera pas cette horrible fille qui fait des grimaces.)

Papa propose que, pendant le séjour des cousins, on pourrait aller dîner dehors, pour changer...

- Ça nous fera une sortie. (YOUPI !)

- Il y a un endroit en ville qui vient d'ouvrir.
Et ça plairait aux cousins, ajoute-t-il.

- Pourquoi est-ce que ça plairait aux cousins ?
je demande.

- On peut se servir à volonté.

C'est tout à fait le genre
de restaurant qui me convient.

Miam

DÎNER
avec les cousins

Tante Alice et oncle Kevin doivent laisser les cousins TRÈS tôt ce matin, alors les parents se dépêchent de faire le ménage.

Je voudrais regarder un peu la télé avant qu'ils n'arrivent, mais maman n'arrête pas de tapoter les coussins et de passer l'aspirateur à côté de moi, ce qui est un peu pénible.

Quand ils débarquent, tante Alice s'écrie :

— C'est TELLEMENT impeccable chez toi ! J'espère que tu n'as pas fait le ménage exprès pour nous !

Et maman répond :

— Non, bien sûr que non. On profite toujours du week-end pour faire le ménage.

(Première nouvelle.)

J'emmène mes cousins voir mon
nouveau mur pour dessiner. Ça leur plaît
BEAUCOUP. Je leur dis :

- Allez-y, essayez un coup si ça
vous tente.
- Qu'est-ce qu'on pourrait dessiner ?
demandent-ils.
Je leur suggère de dessiner un **MONSTRE** ou
de faire un dessin marrant de leur famille.
- Moi, j'en fais tout le temps.
Tante Alice et oncle Kevin ne le prennent pas
très bien quand ils montent dire au revoir. Au
moment où ils partent, papa fait observer à
oncle Kevin :

- Tu dois quand même
reconnaître que c'est très
ressemblant, Kevin.

(Ça l'est.)

239

Je demande aux cousins s'ils ont envie de grignoter quelque chose. (Comme si je ne connaissais pas déjà la réponse.) ☺

On descend à la cuisine pour voir ce qu'il y a à manger.

– Oh, regardez ! je m'exclame en faisant semblant d'être surpris. Il y a des bananes... plein de bananes. Servez-vous.

Heureusement pour moi, ils aiment ça, ce qui aide à faire diminuer la réserve.

Je commence à en avoir un peu marre des bananes.

Papa leur pose des questions sur l'école, ce qu'ils font et, encore pire :

– Quel genre de musique vous aimez, les gars ?

Ça met la honte, surtout qu'il n'a jamais entendu parler des noms qu'ils lui citent.

Le pire de tout, c'est quand maman leur propose de faire des petits gâteaux.

DES PETITS GÂTEAUX !

– MAMAN ! Ils n'ont pas envie de faire des gâteaux... Vous n'en avez pas envie, si ?

 – Pourquoi pas ? objectent-ils.
On aime les gâteaux.
(Non, sans blague ?)

Maman sort tous les ingrédients, et on se met au travail. On fait pas mal de bazar en même temps que les biscuits, mais je ne suis pas obligé de nettoyer parce que les cousins sont là.

Délia apparaît soudain et rôde autour de nous pour essayer de piquer un petit gâteau tout chaud. Je l'arrête :

– Si tu en veux un, tu dois DIRE :
« Tom, mon frère adoré, est-ce que je peux avoir un gâteau, s'il te plaît ? » Et je t'en donnerai peut-être.

Le reste de la journée, j'occupe les cousins en leur faisant regarder des films (qui ne font pas peur).

On va ensuite voir Derek et on promène Coq un moment. C'est cool.

- Tes cousins sont super grands, non ? observe Derek.

- Tu trouves ? je dis, alors qu'on marche derrière eux.

LA SORTIE

On se prépare à aller dîner au restaurant, et papa fait comme d'habitude le tour de la maison pour éteindre toutes les lampes ou débrancher toutes les prises électriques. On est tous assis dans la voiture, prêts à partir, quand il se souvient qu'il a oublié une prise.

– **Allons**, Frank, on va être en retard ! proteste maman.

Je voudrais qu'il se dépêche parce que je suis un peu à l'étroit à l'arrière.

Quand on arrive au restaurant, il y a PLEIN de monde, et des familles entières remplissent leurs assiettes au buffet. On nous indique une table, et on nous explique que le prix du repas dépend de la taille de l'assiette qu'on choisit.

BUFFET À VOLONTÉ

Papa dit qu'on peut prendre une assiette MOYENNE.

- Je crois que ce sera plus qu'assez.

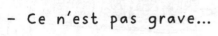 Il y a TELLEMENT de plats que je ne sais pas par où commencer.

Les cousins ont l'air
de savoir quoi faire.

J'ai l'impression bizarre d'être déjà venu, alors que je sais que ce n'est pas vrai. Je vais me servir de tout ce que j'aime.

Maman essaye de mettre quelques légumes en plus dans mon assiette, et elle renverse un peu de mon plat sur la table.

- Ce n'est pas grave...

– Je vais demander à la serveuse de nettoyer, déclare maman.

 Mais la serveuse ne semble pas vouloir s'approcher.

Grrrrrr

serveuse

Elle tourne même le dos à maman et fait comme si elle n'était pas là. Maman doit trouver quelqu'un d'autre pour l'aider.

– CHARMANT, commente ma mère. Qu'elle ne compte pas sur un pourboire !

L'assiette de papa est très raisonnable. Il rappelle à maman que son corps est un temple, et on lève tous les deux les yeux au ciel.

Mais, pour l'assiette des cousins, c'est une
autre histoire.

Ils passent une **ÉTERNITÉ** à empiler
tout ce qu'ils peuvent dessus. Leurs assiettes
ressemblent bientôt à de hautes tours. Et si
quelqu'un ne leur était pas accidentellement
rentré dedans, ils auraient sûrement réussi à
les apporter jusqu'à la table.

Mais ils n'ont pas pu.

ARGH !

On a vu TROIS énormes montagnes de nourriture s'écrouler par terre et sur les tables, éclaboussant au passage des clients

Ils n'étaient pas vraiment ravis.

Le restaurant tout entier avait les yeux braqués sur nous et sur la nourriture renversée. C'était VRAIMENT la honte. Surtout pour la serveuse chargée de nettoyer le carnage...

... au moins, **maintenant** on sait où travaille Délia. Et pourquoi ces chapeaux me disaient quelque chose !
(Maman a décidé de lui laisser quand même un pourboire.)

Plus tard, quand Délia est rentrée à la maison, je lui ai dit qu'on avait très bien mangé juste avant qu'elle ne CLAQUE la porte de sa chambre.

Ce matin, elle est encore **FURIEUSE**.

– Cette famille est un **VRAI CAUCHEMAR. Et vous vous DEMANDEZ POURQUOI** je ne voulais pas vous dire **OÙ** je travaille !

Elle n'a pas tort. Mais c'était quand même très marrant. Les cousins n'arrangent rien en racontant tout à tante Alice quand elle vient les chercher. Elle nous informe qu'ils ont passé un bon week-end de golf, mais qu'oncle Kevin a eu des petits problèmes de swing et que cela lui a valu un torticolis.

Mal au cou ←

Aujourd'hui, quand je suis rentré de l'école, il y avait cette lettre qui m'attendait :

À l'attention de :
Tom Gates
24, avenue du Château
R.-U.

ROCK HEBDO

Et ce n'est **PAS** n'importe quelle lettre – elle vient de **ROCK HEBDO**.
Je sais que ça va paraître bizarre, mais je retire TOUT ce que j'ai dit sur ma sœur râleuse.

Je peux dire FRANCHEMENT que là, tout de suite (ça pourrait changer plus tard), ma sœur DÉLIA est la meilleure sœur du monde entier et de tous les temps. J'ai carrément envie d'aller l'embrasser et de lui dire merci ! merci ! merci ! d'être si géniale et

CARRÉMENT TOP

(pour certains trucs).

Parce que la lettre de **ROCK HEBDO** m'annonce que j'ai tout simplement gagné le concours de dessin pour le T-shirt de **RODEO3** !

Ça veut dire que le groupe va faire imprimer mon dessin sur les T-shirts qu'ils vont porter ! Et j'aurai des T-shirts GRATUITS en plus ! Je suis tellement EXCITÉ que j'ai du mal à respirer. Je n'arrête pas de faire des bonds, et j'ai déjà couru tout raconter à Derek, qui est aussi excité que moi.

Si je dois me montrer gentil avec Délia (aussi longtemps que je le pourrai), c'est parce que c'est elle qui a retrouvé le dessin que j'avais complètement oublié de poster et qu'elle l'a fait pour moi. Du coup, mon dessin est arrivé à temps.

Je suis TELLEMENT CONTENT !

Ma sœur est un peu mal à l'aise de me voir aussi gentil avec elle.

– Ça fait bizarre. Laisse tomber, tu veux bien ? me déclare-t-elle alors que je lui apporte une tasse de thé.

La seule chose que Délia voudrait vraiment, c'est :

1. Que ni moi ni aucun autre membre de la famille ne mette plus les pieds dans ce restaurant-là tant qu'elle y travaillera. (Ça me va très bien.)

2. Que je lui donne un de mes T-shirts quand je les aurai reçus.

   (Pas de problème.)

3. Que je reste en dehors de sa chambre. (D'accord, c'est possible.)

4. Que j'arrête d'écrire des chansons idiotes sur elle. (Même si elles ne sont pas vraiment idiotes.)

Qu'est-ce que tu as mis dedans ?

Les parents nous disent que c'est formidable de nous voir nous entendre.

- Ne vous en faites pas, assure Délia. Ça ne durera pas.

À quoi pourrait servir le chapeau de Délia ?

Porte-crayons

Porte-gaufrettes

Pour jouer aux billes

Pour attraper les araignées

Attrape !

Jouet pour Coq

LIVRES À VOLONTÉ

WWW.TOMGATES.FR

Comment faire un

TATOUAGE DE BANANE

Prends une banane et un cure-dent
(attention au bout pointu).
Enfonce doucement la pointe dans la peau
de banane – mais pas trop profondément.

Là où tu as fait un trou, la peau va noircir.
C'est très rapide d'obtenir ce genre de dessin.

Ne laisse pas traîner la banane trop longtemps
avant de la manger, car le tatouage va devenir
de plus en plus foncé (avant de pourrir...
beurk).

As-tu trouvé tous
les monstres ?

On est partout !

Je suis SUPER DOUÉ
(pour CERTAINS trucs).
COMME dessiner des
MONSTRES

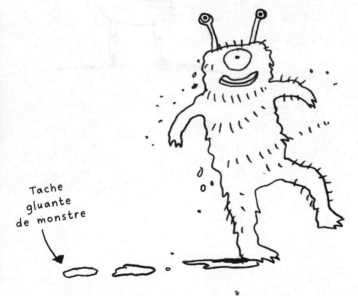

Tache
gluante
de monstre

MAIS je ne suis PAS très bon pour dessiner les VRAIES mains ou les pieds (ce qui n'est vraiment pas évident).

Voici un dessin de Marcus avec des mains de MONSTRE et des pattes de canard.

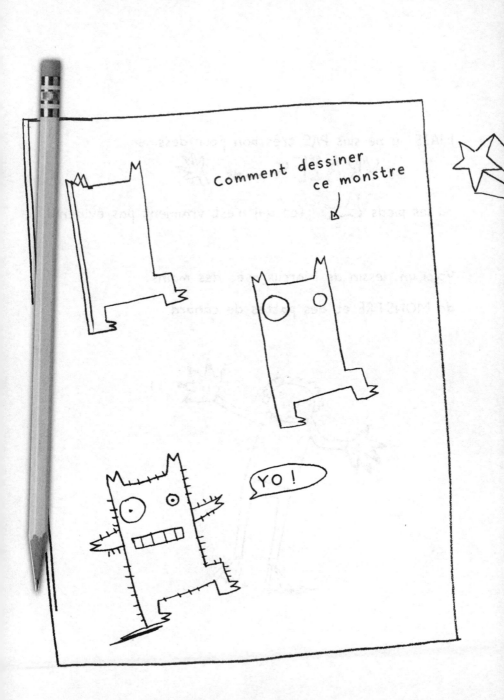

J'avais complètement oublié mes nouveaux voisins, jusqu'à ce que...

(À suivre...)